La presa del alfa

Renee Rose

Lee Savino

Traducido por
Begoña Marin

Publicado en los Estados Unidos de América.

Renee Rose Romance, Silverwood Press, Midnight Romance LLC

Editado por:

LMD

Este libro electrónico es una obra de ficción. Si bien se puede hacer referencia a eventos históricos reales o ubicaciones existentes, los nombres, personajes, lugares e incidentes son producto de la imaginación del autor o se usan de manera ficticia, y cualquier parecido con personas reales, vivas o muertas, establecimientos comerciales, eventos, o locales es una mera coincidencia.

Este libro contiene descripciones de muchas prácticas sexuales y BDSM, pero esta es una obra de ficción y, como tal, no debe usarse de ninguna manera como guía. El autor y el editor no serán responsables de ninguna pérdida, daño, lesión o muerte que resulte del uso de la información contenida en él. En otras palabras, ¡no intenten esto en casa, amigos!

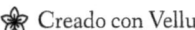 Creado con Vellum

Índice

Libro Gratis - La virgin y el vampiro

Quiere un libro gratis de Renee Rose y Lee Savino? Suscríbete a su newsletter para recibir *La virgin y el vampiro* y otro contenido especialmente bonificado y noticias de nuevos. https://BookHip.com/XJPQQXK

Libro Gratis de Renee Rose

Quiere un libro gratis de Renee Rose? Suscríbete a mi newsletter para recibir **Padre de la mafia** y otro contenido especialmente bonificado y noticias de nuevos. https://BookHip.com/NCVKLK

Capítulo Uno

C *aleb*

Bajo mis botas, cruje la nieve. Sacudo la cabeza para despejar de mi nariz el olor metálico de la sangre. Me estoy volviendo loco. No. Un ser maligno acecha estos bosques.

Salgo de mi cabaña esta tarde surcando la maleza.

Siento un pinchazo en la nuca.

Capto el olor imaginario del mal en las fosas nasales. Sé que el olor no es real porque no importa lo intensamente que mire, no encuentro nada.

No quedaron los cuerpos mutilados en la orilla del río. No hay gritos de mi compañera y mi cachorra.

Podría ser solo un producto de la memoria... la pesadilla. Por el trauma de sus muertes, aún inexplicables desde hace tres años. Por pasar demasiado tiempo en forma de oso desde entonces. Soy más bestia que hombre en estos días, y sé que se nota.

El mes pasado, escuché a los lobos de Tucson murmurar sobre mí cuando estuve allí para una pelea: *Ese oso debería haber sido sacrificado después de perder a su compañera. Va a causarle daño a alguien uno de estos días.*

Es cierto.

Interrumpir mi hibernación para ir a Arizona y luchar contra ese oso pardo fue estúpido. Nunca debería haber dejado que el idiota de Trey me convenciera. Debería encerrarme en mi cabaña durante el invierno, pero él supo cómo tentar al oso, insinuando algo inquietante sobre el oso pardo con quien iba a pelear, y maldita sea si no me obligó a tener que presentarme. Sugirió que era el oso que mató a mi familia.

No lo era. Era un ordinario metamorfo oso. Rudo como la mayoría de los osos, pero me he equivocado. No es malo.

Al menos volví a casa con el dinero de la pelea. Estaba arruinado. La mayor parte de mis ganancias con el trabajo en la construcción de temporada de verano se la había dado a uno de mis compañeros; cuyo hijito necesitaba una cirugía, y el resto había menguado. Es lo malo de hibernar.

Así que me levanté y conduje hasta el desierto. Gané suficiente dinero para mantenerme a base de arándanos y salmón durante ocho meses. Pero ahora no puedo volver a acomodarme. Estoy aquí dejando que mi polla se balancee en el viento mientras camino inquieto por el bosque.

Otra mujer ha desaparecido.

Eso es parte de por qué no puedo descansar.

Hay un asesino en serie, o un secuestrador, suelto por aquí.

Llego a la carretera principal antes de lo esperado. He caminado cinco kilómetros por mis tierras sin darme cuenta.

Un Subaru azul se detiene en la curva. No lo reconozco, lo cual es extraño. Conozco la mayoría de los coches que van y vienen por esta carretera, al menos durante el invierno. Miro fijamente el todoterreno cuando pasa a mi lado, y cuando veo quién conduce, suelto unas palabrotas por lo bajo.

Una mujer sola. La pelirroja corpulenta con cara de *no te metas conmigo*. Sola, con maletas en su coche.

Joder.

Las punzadas en mi nuca se hacen más fuertes.

Sé a dónde va. Se dirige a la estación de investigación de la Universidad de Nuevo México, una cabañita a dieciséis kilómetros de la carretera del bosque. No me importaría, si no fuera porque tres muejeres solteras han desaparecido en este bosque en los últimos ocho meses.

Tres mujeres.

Y considero que este es mi bosque. Soy el depredador supremo. Ninguna otra criatura, bestia o humano, debería amedrentar y desaparecer humanos.

Especialmente mujeres.

No soy un tipo encantador ni caballero, desde luego nunca he tenido fama de caballero, pero proteger a las mujeres ha venido programado en mí.

Bordeo la cresta observando el coche. Se detiene y aparca en la única tienda de nuestro pueblito.

Maldita sea.

Parece que pasaré la próxima semana jugando al guardaespaldas de la intrépida investigadora, que es demasiado estúpida si no sabe que no debe venir sola aquí en marzo. Especialmente cuando hay un asesino en serie suelto.

* * *

Miranda

. . .

En la carretera de Pecos, me detengo en el mercado para comprar provisiones para la semana. No planeaba volver aquí hasta finales de la primavera, pero mi investigación sobre los anillos de los árboles no podía esperar. Tengo un artículo que publicar en junio y para cumplir con esa fecha límite necesito los datos ahora.

La voz del doctor Alogore todavía resuena en mi cabeza: "Otro retraso, y pierdes los fondos. Consigue los datos, ya".

Cuando argumenté que era marzo, todavía invierno en nuestras montañas Sangre de Cristo en el extremo sur de las Montañas Rocosas, me dijo "no veo aquí a tus colegas investigadores pidiendo el mismo tipo de tratamiento especial para sus proyectos".

Las mejillas se me ruborizaron mientras Alogore me sonreía. Alrededor de la mesa, mis colegas investigadores, todos hombres, sonreían con él. No necesitaba mirarles para saber que todos se ríen de mí, pues replican todo lo que el doctor Alogore dice o hace. Incluso se visten como él, usan hasta la corbata a cuadros de moda y los Dockers marrones.

—Bien —*murmuré, dejando caer los ojos a mi carpeta amarilla; un punto de color brillante en una sala monótona. Elegí ese color para darme una chispa de alegría en mis días de cansancio. Pero hoy es solo amarillo, el color de los cobardes.*

—Ya está, cariño —*dijo el doctor Alogore, mirándome los pechos.*

Quise llevarme la mano al escote pero me detuve a tiempo. Sentía la mirada de todos mis colegas masculinos descansando sobre mi modesto conjunto de suéter, cuando hasta mi abuela se viste de manera menos conservadora que yo, pero aún así recibí miradas como si llevara lencería. Por la forma en que estos tipos me miraban, sentía que me imagi-

naban desnuda. Tal vez lo hacían. Sí, tengo senos grandes. El resto de mí también es bastante curvilíneo. Eso no significa que puedan tratarme de manera diferente.

—Si esto es todo, salgamos a almorzar. Yo invito —dijo el profesor. Todos murmuraron agradecidos, excepto yo. El doctor Alogore prefiere los almuerzos donde las mujeres bailan sobre las mesas.

Recogí mi carpeta y salí corriendo al pasillo.

—Hola, Miranda. —Uno de mis colegas altos que se separa del grupo de los Dockers vino a respirarme en la nuca. Me di vuelta y me dio en la cara una bocanada de aliento a cebolla. Sonrió como un tiburón, con los ojos en mis pechos —. Iré contigo y te ayudaré a recopilar esos datos.

Puaj.

—No, gracias —murmuré, cerrándome el cárdigan. Ni siquiera mostraba el escote. Estos tipos son unos cretinos.

—Vamos. Puedo ayudarte. Las montañas dan miedo en esta época del año —dijo con falsa preocupación—. Vamos allí juntos y puedo ayudarte a recolectar todas las muestras en tiempo récord. Puedes invitarme a cenar después, para agradecerme. —Su sonrisa se amplió más —. Puedo ayudarte con los hallazgos y dividiremos el crédito, mitad y mitad.

Y ahí estuvo. Un descarado asalto a mi investigación.

—Um, no, gracias. —Encorvé los hombros abrazando la carpeta—. ¿Crees que puedes colarte a último minuto y te dejaré poner tu nombre encima del mío en el trabajo?

Se encogió de hombros.

—Tiene sentido, alfabéticamente...

—No. Yo me encargaré. —Agaché la cabeza y caminé tan deprisa como mis piernas pudieron llevarme. Nadie me iba a engañar en mi investigación. Esta vez no.

El artículo podría marcar la diferencia entre otro año de

mierda del posdoctorado en el laboratorio del doctor Alogore y conseguir un puesto de profesora en algún sitio. En cualquier parte. Por supuesto, un puesto de profesora todavía no me garantiza respeto en mi campo. He visto a bastantes mujeres de la ciencia, cuyas carreras se menosprecian a diario, para saber que lucharé por la igualdad de derechos en cada paso del camino. Probablemente hasta el día en que me retire.

Nunca te rindas, nunca te des por vencida. Ese es mi lema.

Ahora, ya en Pecos, cojo mis bolsas de tela vacías. En el interior del mercado, parpadeo mientras mis ojos se adaptan a la tienda poco iluminada y algo deprimente. He estado aquí la vez anterior, así que sé qué esperar, pero todavía me pone la piel de gallina. Suelos de cemento en mal estado y sin barrer, conservas antiguas con viejas etiquetas de precios . Como cualquier mercado de conveniencia cercano a la entrada de un bosque de los Estados Unidos, se ofrecen productos de gasolinera extremadamente caros. Panes Wonder por casi cinco dólares; frascos de mantequilla de maní, ocho dólares.

En Albuquerque, empaqué mis propios productos no perecederos, así que me dirijo a la nevera para coger una botella de leche, algunos huevos, tocino y mantequilla, lo cual debería bastarme para los cinco días que planeo pasar aquí.

Llevo las provisones al mostrador donde un anciano habla con un lugareño. Me ignora durante dos minutos antes de arrastrar lentamente los huevos hacia la caja registradora sin dejar de parlotear.

Me aclaro la garganta.

Su acompañante, igualmente anciano, se despide y se

va. El dueño se vuelve y me mira especulativamente. Sí, sus ojos caen a mi escote.

—¿Qué te trae aquí, jovencita? No es la época adecuada del año para pescar o hacer senderismo.

—Me dirijo a la cabaña del laboratorio de investigación por unos días —digo cortésmente. Es exactamente la misma conversación que tuvimos la última vez que estuve aquí. Por supuesto, fue hace seis meses, pero aún así repito la respuesta. Dudo que haya un montón de mujeres solas acampando o haciendo senderismo.

—Oh, claro, cierto. Universidad de Nuevo México, ¿no?

—Sí.

Deja de marcar números en la caja registradora y me mira con los ojos entrecerrados.

—Ten cuidado allí sola. ¿Has oído hablar de las mujeres desaparecidas?

Ahuyento el temor que me invade. Lo único que hay que temer es al propio miedo. ¿Verdad?

—Lo he escuchado, sí. Pero tengo a mi perro conmigo. Es muy protector.

Eso puede o no ser cierto. Tengo un perro peludo, mezcla de pastor alemán y australiano, que le encanta jugar a la pelota. Pero tiene un ladrido feroz.

—Bueno, es posible que tengas que cuidar a tu perro. Sabes que tenemos un problema con los osos en estos bosques, ¿no?

Correcto, el problema del oso. Me lo contó la última vez que estuve aquí. Como ecologista, no me gusta cuando los humanos suponen que los animales son el problema. ¿No serían nuestra superpoblación y la reducción de los corredores de vida silvestre el problema real?

Cuando estuve aquí el verano pasado, el anciano se

apoyó en el mostrador y también me miró con los ojos entre-cerrados:

—Ten cuidado aquí. Hay un oso rabioso vagando por esta zona desierta. Despedazó a una mujer y a su hija hace unos años.

—Si estuviera rabioso hace unos años, ya estaría muerto, ¿no cree? —Odié usar la ciencia y la lógica como arma, pero... Por favor.

—Bueno, puede que no esté rabioso, pero definitiva-mente es salvaje —había afirmado el anciano esa vez.

Ese verano, no pude evitar el desprecio que debió de aparecerse en mi rostro.

—Los osos no pueden ser salvajes. No los tenemos para mascotas.

Ahora el hombre coge los billetes del mostrador y me fulmina con la mirada.

—¡Loco, entonces! Hay un oso loco por ahí. De aspecto extraño. Un animal enorme con ojos que le brillan amarillos y un verdadero instinto destructivo. Al mismo tiempo que la mujer y su hija fueron asesinadas, el oso marcó con sus garras cada árbol en un radio de cinco kilómetros.

—Sí, sí, he oído hablar de ese oso —le digo esta vez—. Pero no ha habido ningún problema con los osos reciente-mente, ¿verdad?

—No, han pasado algunos años. Pero algo andaba mal con ese animal, te lo digo. Si te importa tu perro, ese oso podría matarlo solo por deporte, recuerda mis palabras.

Cierto. Y Pie Grande podría invitarme a tomar el té. Quisiera argumentar que los ataques de osos son increíble-mente raros, y solo porque un animal sea un depredador supremo no significa que vaya a por los humanos. La mayoría de los animales solo quieren que se los deje en paz

en su hábitat natural. Y que no me haga hablar de la demo-
nización de los tiburones, osos y lobos en películas animadas
infantiles.

El anciano señala el monto en la caja registradora.

—Veintiocho dólares con veintidós.

Sí, como dije, demasiado caro.

Entrego mi dinero e intenro sofocar la agitación de mi
estómago.

—Vale, mantendré a mi perro cerca en todo momento.
Gracias por la advertencia.

A pesar de que he puesto mis bolsas reutilizables en el
mostrador para las provisiones, el anciano mete toda mi
comida en bolsas de plástico.

Cojo las bolsas y vierto todo en mis bolsas de lona, luego
le devuelvo las bolsas plásticas.

—No necesito estas, gracias.

Cuando salgo por la puerta, le escucho llamarme:

—Ten cuidado, ¿oyes?

—Sí, lo haré. ¡Gracias!

Dentro de mi Subaru, mi perro, que curiosamente se
llama Oso, ladra de alegría al verme regresar.

Abro la puerta y pongo las bolsas con comestibles en el
asiento del pasajero mientras Oso se lanza hacia adelante
intentando lamerme la cara desde el asiento trasero.

—¿Listo para ir a la cabaña, chico?

Oso se ríe e intenta lamerme un poco más. Inclino la
cara hacia otro lado y le doy un breve masaje en la cabeza.

—Ve a acostarte —le digo.

Rápidamente salta sobre el respaldo del asiento trasero
y pasa al área del maletero, donde puse su cama, y se
acurruca allí.

Sonrío por el espejo retrovisor.

—Buen chico.

Se pronto, copos de nieve dan en el parabrisas y le rezo una oración a los dioses del clima. La aplicación meteorológica informa que habrá una ligera nevada, pero que mañana se despejará. Hará frío, pero podré terminar mi investigación y regresar a casa el fin de semana.

Capítulo Dos

Caleb

Nieva.

Solo puedo pensar en la pelirroja, si llegó a su cabaña a salvo. Presiento que se avecina un frente frío y mi oso me dice que va a ser una feroz tormenta de nieve. El clima cambia rápidamente aquí.

Lo bueno de la nevada es que podría disuadir al psicópata que se aprovecha de las excursionistas.

Lo malo, la intrépida investigadora podría ser mucho más vulnerable. Con la nevada, no tendría adónde correr.

Vaya mujer estúpida y testaruda.

No, estúpida no. Es una científica. Probablemente inteligente al extremo.

A regañadientes, rechazo mi admiración por una mujer robusta y autosuficiente como ella.

Considero el peligro en el que podría estar. Hay algo por ahí que acecha a las mujeres jóvenes y guapas.

Dudo que sea el mismo cabrón que mató a mi familia, pero igual voy tras él, porque sé lo que es que te arrebaten a alguien que amas. No me quedaré de brazos cruzados; no permitiré que esa tragedia le ocurra otros.

No en mi bosque.

Debe de vivir en algún lugar cercano. El problema es que conozco a todos en el pueblo y creo que mis instintos me dirían si hay alguien en Pecos. Además, reconocería el olor. No se puede engañar a mi olfato. El sentido del olfato de un oso es dos mil cien veces mejor que el de un humano. Siete veces mejor que el mejor sabueso. Y recuerdo el olor que se mezcló con la sangre y la muerte de mi familia. No era de oso. Tampoco era de un humano.

No era ningún tipo de olor animal que reconozca.

Y tal vez tenga una pista, tal vez no, pero capté el olor de un ser similar en Tucson. No el mismo, joder, si hubiera sido el mismo, el tipo estaría muerto. Pero había unos tipos en el Club de Lucha que eran metamorfos, y no pude descubrir de qué animal.

No tiene sentido.

No confiaba en mis sentidos cuando estuve allí. Estar cerca de todos esos cambiantes, estar en la ciudad —si se puede llamar a Tucson una ciudad, y yo lo hago—, puso tan nervioso a mi oso, que permanentemente oscilaba entre la forma humana y animal, todo el tiempo que permanecí allí. Apenas mantuve la mente lúcida. Me puse de muy mal humor y fui un peligro para todos los que me rodeaban. Todo lo que quería hacer era tomar la autopista I-10 y alejarme de Tucson lo más deprisa posible.

Solo aquí, de vuelta en mi cabaña, es donde puedo ser un ermitaño, el antisocial que soy, y puedo ordenar mis cavilaciones. Ahora desearía haber permanecido en Tucson y haber hecho preguntas sobre ese extraño olor.

Parado en la puerta abierta, miro fijamente la nieve que

cae. Parece que volver a la hibernación no va a ser una opción. Tengo que ir a ver cómo está la humana.

No voy a ir conduciendo hasta la cabaña de investigación porque la asustaría. Se pensaría que *soy* el acosador psicópata. Estoy seguro de que le han advertido del peligro. También, ahora hace demasiado frío para caminar, al menos en forma humana.

Podría esperar hasta la mañana y caminar.

Mi oso ruge.

Joder.

Parece que vamos a tener una caminata en cuatro patas.

Me quito la ropa y la guardo justo tras la puerta. Afuera, ha comenzado a nevar más copiosamente. Las copos me pican la piel desnuda y las plantas de los pies mientras cierro la puerta aún en forma humana. Luego cierro los ojos y me pongo en cuatro patas, pues tengo al oso siempre a flor de piel, listo para tomar el control.

El oso corre.

Le encanta correr.

Si se saliera con la suya, renunciaría a toda humanidad. Vagaría por estos bosques como oso. Olvidaría todo el dolor, la tragedia. La vida que apenas vale la pena vivir.

Casi me entregué a él en los meses posteriores a la muerte de Jen y Gretchen. Quería hacerlo. Esperaba que se tragara hasta el último pedacito del hombre Caleb, que me dejara sin la capacidad de regresar a la forma humana.

Pero los lobos intervinieron. No sé cómo se enteraron, pero los lobos de Tucson aparecieron en sus motos, asustando a los habitantes de Pecos que pensaron que los Ángeles del Infierno nos habían invadido.

Me emboscaron en manada. Me arrinconaron en una pelea. Tuvieron suerte de que no los matara a todos. Cuando los lobos me mantuvieron acorralado, Garrett Green, su alfa, tomó forma humana y me ordenó que me transformara. Infundió suficiente comando alfa para obligarme a hacerlo.

Me trajeron a rastras de vuelta a mi cabaña y se quedaron conmigo hasta que volví a la forma humana. Me forzaban a hacerlo cada vez que intentaba cambiar.

Supongo que se piensan que debería estarles agradecido.

Pues no.

Odio a esos hijos de puta.

Me devolvieron a mi dolor. A una vida que no quiero llevar.

Por otro lado, hay algo acerca de saber que una manada entera de metamorfos me respalda. Los osos generalmente somos animales solitarios, por lo que es extraño que una manada me apoye. Todavía no sé por qué lo hicieron. Podrían haber venido aquí con la misma facilidad y matarme. Probablemente deberían haberlo hecho.

Me inclino en la nieve, mi oso resopla de placer con la nieve en el hocico, su sabor en mi lengua, el aire fresco enfriando las orejas peludas.

El trayecto a la cabaña de la investigadora no me toma nada de tiempo con las zancadas del gigantesco oso.

Doy dos vueltas para registrar los olores.

Hay un animal, un perro.

Vale. Me alegro de que no esté completamente sola.

Y siento el aroma de la hembra.

Es un agradable cosquilleo en mi nariz. Como de fresas y helado de vainilla, solo que no tan dulce. No espero disfrutarlo tanto. Es un olor humano después de todo. No es lo mío.

Cuando me acerco a la cabaña, el perro comienza a ladrar. Animal inteligente.

El alfa que hay en mí gruñe como si quisiera ponerlo en su lugar, pero solo hace su trabajo protegiendo a su humana como debería.

Deambulo hasta la parte trasera de la cabaña. Quizás no necesite quedarme más tiempo. No detecto ningún otro olor aquí, pero algo me atrae. Cierta curiosidad del ocio por la intrépida mujer que piensa que venir aquí sola, durante una tormenta de nieve, con un asesino suelto, es un buen plan.

Me paro sobre las patas traseras y pongo las delanteras en el alféizar de la ventana para mirar hacia el interior.

Joder.

La chica —retiro lo dicho, es toda una mujer, aunque sea tan joven— se ha desarrollado con voluptuosidad. Sé que es muy voluptuosa porque ahora se ha desnudado para ponerse una camiseta de tirantes de color rosa pálido. Una camiseta diminuta. Una que se esfuerza por contener sus exuberantes senos. Un bonito tatuaje serpentea alrededor de su brazo: enredaderas verdes y una mariposa azul cobalto.

Mi oso gruñe.

Es jodidamente hermosa. Las hembras humanas no son mi estilo, en absoluto. Pero si lo fueran, elegiría las de su tipo. Parece una lechera suiza. Una princesa vikinga. No, con ese cabello rojo, sería una granjera irlandesa. Es robusta. De huesos grandes y bien rellenita. Corpulenta, de caderas lo bastante anchas como para llevar un osezno. Labios de fresa. Piel blanca tersa.

Se ve muy saludable.

Y tiene cerebro para rematar el paquete.

Sin duda, hará de algún imbécil humano un hombre muy afortunado, si aún no lo ha hecho.

El perro, una especie de pastor negro peludo, enloquece cuando gruño, muestra los dientes y ladra hacia la ventana.

Debería alejarme pero no lo hago. Todavía no la he mirado hasta saciarme.

Sigo con la mirada fija cuando la sexy científica gira y me ve. Abre los ojos de par en par y grita. Más bien es como un aullido. Casi un grito de guerra. Se lanza hacia su perro como si estuviera en peligro inminente y lo agarra por el collar.

—*Oso, quédate atrás.* —No quita los ojos de mí.

La orden me hace cosquillas. Me provoca una sonrisa interior. Qué lindo que piense que puede darle órdenes a un oso.

Pero luego repite:

—*Oso, no.* —Entonces me doy cuenta de que le habla al perro, que se llama Oso,

Me resulta hilarante.

* * *

Miranda

Oh, santa madre de Dios.

El anciano de la tienda tenía razón. Hay un oso loco aquí arriba.

Lo juro por Dios, me está sonriendo en este momento. Debe de medir casi dos metros de altura y tiene una mirada amarilla, intensa e inteligente. Como si estuviera leyendo mis pensamientos.

El corazón me late con fuerza, pero la lógica se hace cargo de la situación. El oso está afuera. Oso, mi perro, y yo estamos dentro. Tan pronto como estoy segura de ello, tal vez incluso antes, me tiemblan las rodillas ante el esplendor del animal.

Nunca antes había conocido a un oso en persona. Claro, los he visto tras el cristal del zoológico, pero esto es totalmente diferente, el hecho de presenciar un oso en libertad.

—*Ursus americanus.* "El oso negro americano" —digo con una solemne voz impostada de narrador de documental sobre la naturaleza: es uno de mis juegos favoritos. Un truco que desarrollé como estudiante universitaria para reírme—. "Llamado así por su pelaje negro, aunque el pelaje de la especie puede tener variaciones de marrón o rubio" —Y este oso es absolutamente magnífico. Es negro, pero del tamaño de un oso pardo. Saludable, con una gruesa capa de pelaje oscuro brilloso.

Continúo sermoneando a mi audiencia imaginaria:

—"En los meses fríos, el metabolismo del oso se ralentiza hasta el punto en que puede entrar en un estado latente conocido como hibernación. El oso puede conservar energía y capear la temporada cuando la comida escasea".

¿Por qué entonces este oso no hiberna? Tuvimos un breve período de calor que tal vez lo haya sacado de su cueva antes de tiempo.

Pobre oso. Engañado por la naturaleza.

Dios, espero que pueda sobrevivir. ¿Qué encontrará para comer cuando los ríos estén medio congelados y nada florezca?

Bueno, supongo que es por eso que deambula por esta cabaña. Probablemente huele comida.

Por supuesto, no puedo alimentarlo. Esa es una opción terriblemente peligrosa que les enseña a asociar a los humanos con comida, lo que lleva a los ataques de osos.

Tal vez pueda dejarle algo en el bosque cuando retome mi investigación. Pero todavía olerá el rastro humano. Recuerdo que los osos tienen un excelente sentido del olfato, trescientas veces mejor que un perro o una locura por el estilo.

Lástima que no puedan entrenar a un oso para cazar y buscar a las mujeres desaparecidad. Quizás las encontrarían.

El oso ladea la cabeza con los ojos fijos en los míos, como si intentara leerme la mente. Un cosquilleo me recorre la piel. Ahora veo por qué la gente del pueblo piensa que el oso está loco. Hay algo extraño al respecto. Parece tener una inteligencia casi humana.

—Oye, grandullón —murmuro—. Eres hermoso. —Mi perro Oso deja de gruñir, siguiendo mi ejemplo. Se sienta pero mantiene la mirada clavada en el oso verdadero de la ventana, con las orejas gachas y las ancas juntas, listo para entrar en acción.

El gigantesco oso resopla empañando el cristal.

Sonrío. No puedo evitarlo. Me siento muy honrada de ver a una criatura tan magnífica. Como sucede a menudo frente a la naturaleza en estado puro, estoy sobrecogida de asombro, abrumada por la increíble belleza y generosidad de todo lo que alberga el planeta Tierra.

Por ese motivo soy ecologista. Agradezco momentos como estos que me lo recuerdan. Es lo que necesito tener presente cuando el sexismo y la estrechez mental de la academia me abruman.

Cuando era estudiante, pasé un verano como voluntaria en Guatemala. Mi trabajo consistía en construir letrinas. Estando allí, sentí un terremoto. Nada enorme. Solo un temblor, como lo llamaron, pero en ese momento me sentí impotente. Me di cuenta de que los humanos somos insignificantes frente a las fuerzas naturales. No me asustó, me humilló. Renové mi respeto por la Madre Tierra y todo lo que representa.

No obstante la imprudencia —no porque corra peligro, sino porque no debería dejar que este oso se sienta cómodo con humanos—, doy un paso adelante para verle más de cerca y satisfacer mi asombro.

El oso vuelve a sonreír pero no se mueve. Avanzo lentamente, asimilando cada detalle de la preciosa criatura. La mirada dorada sin pestañear, el color bronce de su hocico.

—Eres hermoso, ¿verdad? —canturreo.

Juraría que el oso vuelve a sonreír, pero luego se aleja de la vista. Corro a la ventana y miro al exterior mientras se aleja. Es increíble la cantidad de territorio que cubre con solo unos pocos saltos, sus poderosas patas devoran el terreno como si fuera su dueño.

Supongo que lo es. Los osos deberían ser dueños de estas montañas. No tendrían que ser expulsados de su hábitat natural por la creciente competencia por el espacio.

Tararo suavemente para mis adentros mientras lo veo hacerse más pequeño y luego desaparecer en la nieve que cae y en el crepúsculo que se asienta. Hay mucha más nieve de la que se esperaba; la aplicación meteorológica falló.

Vaya suerte la mía. Avistar un oso negro gigante. Nunca antes había visto el animal del estado de Nuevo México. Quiero decir, fuera de un zoológico. Solo eso hace que todo el viaje valga la pena. No es que no me guste venir a esta cabaña. Pasar tiempo a solas en la naturaleza es mi actividad favorita, incluso en invierno. Me encanta estar en esta cabaña rústica y solitaria del bosque. He estado solicitando becas de investigación, soñando con que el departamento me habilite dinero para vivir aquí, recopilar y analizar datos durante semanas y hasta meses.

Desde el momento en que fui a acampar por primera vez cuando era niña, sabía que la naturaleza era mi lugar. Acabé doctorándome en ecología porque me preocupo profundamente por la naturaleza y he desarrollado una pasión por protegerla.

Si puedo probar los efectos del cambio climático en los árboles, contribuiré a los movimientos ambientales de todo el mundo. Esa es la verdadera razón por la que estoy aquí en medio de una tormenta de nieve, investigando. No para demostrarle algo al doctor Alogore o por la gloria de la publicación. No, esto es para el planeta.

Trabajo duro para marcar la diferencia, y creo que lo haré.

* * *

Caleb

Tengo que luchar para volver a la forma humana cuando llego a mi cabaña y cuando lo logro, tengo una erección del tamaño de la Torre Eiffel.

Bien.

Ahora estoy despierto. Y ni siquiera es primavera todavía.

Debido a que todavía llevo la nieve y la suciedad del bosque en la piel, me dirijo a la ducha.

Mientras el agua se desliza sobre mi cuerpo, trato de no pensar en esa ridícula científica humana mirándome como si fuera una especie de dios. La forma en que esos pulposos labios se movieron con las palabras, *eres hermoso*.

¿Hermoso? Ni por asomo.

Soy oscuridad y desesperación. Un oso formidable. Un hombre patético. Y con demasiada frecuencia, atrapado entre los dos, no soy ni hombre ni oso, sino alguien enfermo, rudo y perdido.

Pero no puedo evitar que la imagen de ella se presente ante mis ojos. Su silueta curvilínea. La piel tersa. El comportamiento audaz.

Agarro mi polla intentando no imaginarme su exuberante boca sobre ella.

Oh, joder, ahora lo pensé. Y maldita sea, qué pensamiento tan maravilloso. Mis muslos se estremecen al imaginar que el agua caliente de la ducha es el calor de su boca deslizándose por mi erección.

Probablemente no cabría en esa exquisita boca, aunque es corpulenta para una humana. ¿Me miraría con el mismo asombro al tomarme con esos labios carnosos? ¿Como si quisiera adorarme solo porque tengo pelaje y garras?

Sacudo la cabeza, la culpa cierra la fantasía como la tapa de un bote de basura.

¿Cómo podría?

Me apareé con Jen para toda la vida, cuando la mayoría de los osos no se establecen, porque rara vez somos monógamos. Pero lo hice.

No debería excitarme con ninguna otra mujer. Especialmente si es una humana. Excepto que mi polla no está de acuerdo. Ni mi oso no está de acuerdo: lo tengo a flor de piel, instándome a cambiar y volver a la cabaña de la investigadora. Todavía duro como una roca, mi puño no ha dejado de bombear de arriba abajo sobre el apéndice palpitante.

Joder.

Bueno, no es como si realmente fuera a tener algo con la científica. Esto es más como una incursión en el porno, dejándome llevar por el camino de una fantasía estúpida. No es nada, ¿verdad?

Cierro los ojos recordando el aroma de la humana. El placer recorre mi cuerpo; el agua de repente está demasiado caliente. Giro la perilla para que salga fría y bombeo mi polla más fuerte hasta que se me tensan las bolas.

Maldita sea, ¿cuándo fue la última vez que me corrí? Han pasado meses. Al menos medio año. Mi cuerpo celebra la reignición de mi libido, las hormonas bombean por mi cuerpo. Una vez más, la visión de la científica atendiéndome de rodillas aparece a la vanguardia de mi mente.

Esa boca exuberante...

Me corro y mi mano se sacude frenéticamente mientras chorreo el fondo de porcelana de la bañera.

Cuando el alivio me debilita, apoyo un hombro en la cerámica fría. El placer solo dura un instante porque luego me invade el disgusto.

¿Qué demonios me pasa? No debería estar pensando *para nada* en esa humana, excepto en cómo evitar que mi oso se abra paso y en cómo protegerla del mal que acecha en el bosque.

Capítulo Tres

Miranda
     Me abrigo bien antes de salir a la mañana siguiente de la nevada. Las ráfagas de nieve cesaron, lo cual es bueno, porque no quería esperar para comenzar la investigación. Me alegro de haber llegado aquí ayer, porque hoy las carreteras probablemente estén heladas. Solo cuento con que el clima se despeje durante unos días para poder volver a casa al final de la semana.

Oso se para en la puerta de la cabaña, gira en círculos con la emoción de salir a caminar.

—¿Quieres salir, chico? ¿Estás listo para nuestra caminata?

Gira de nuevo en círculos, con las patas haciendo cabriolas de alegría, moviendo la cola peluda. Me encanta este perro. De verdad me alegra el día a menudo.

—Vale, vámonos, entonces. —Me pongo los guantes de cuero. No son tan cálidos como las grandes manoplas aislantes, pero tengo trabajo que hacer y necesitaré cada dedo.

Agarro mi mochila que tiene todo lo que necesito: la tableta, cargador de batería, bocadillos para el almuerzo y una botella de agua. Llevo mi teléfono para emergencias, aunque la cobertuta es tan mala aquí, que dudo que me sirva de algo.

Tan pronto como abro la puerta, el viento nos azota. Jadeo en voz alta, luego me río de mi reacción.

—Joder, hace frío, ¿verdad, amigo?

Oso carga contra la nieve, corriendo para volver a husmear en cada arbusto cubierto de nieve que ya olisqueó antes y orinó cuando salió esta mañana. Presta especial atención al lado de la cabaña donde el oso, el verdadero oso, estuvo parado anoche.

Me enrollo más la bufanda alrededor de la cara, dejando solo los ojos descubiertos y metiendo los bordes en el abrigo para rellenar todos los puntos débiles donde el viento impacta. Miro al cielo. Ahora hay sol, pero hay nubes que se acercan desde el norte. Tengo que regresar a la cabaña a la hora del almuerzo en caso de que se avecine otra tormenta.

—Tendremos que hacer una investigación corta, ¿no, muchacho?

Oso salta frente a mí como si la nieve fuera un regalo solamente para él.

Es fácil seguir el camino, a pesar de que está cubierto de nieve, y conozco los senderos bastante bien. Permanecer encerrada en la cabaña todo el día sin tener datos de investigación para procesar no suena divertido. Si al menos pudiese comenzar hoy, me sentiré mejor.

Avanzo penosamente por la acumulación de nieve que me llega a las rodillas en algunos lugares. Me tapa las botas y se adhiere a mis vaqueros en forma de bolitas de hielo. Maldita sea. Voy a pasar frío muy pronto.

A Oso no parece importarle. Continúa dando vueltas,

adelantándose a mí para investigar, y luego hace un túnel para abrirse paso a través de la nieve.

—Serías un buen perro de trineo, ¿no, Oso? Ojalá tuviera un trineo hoy, eso lo haría mucho más fácil. —O esquís. O raquetas de nieve. Esto es una locura.

Me lleva tres veces más de lo habitual llegar al comienzo del sendero. Sigo adelante, cortando camino y siguiéndolo en un lento ascenso.

Empiezo por establecer mi parcela, delimitando unos cuatro metros cuadrados de tierra como mi área de muestreo. Entonces comienzo con el primer árbol ponderosa gigante. Tomo una muestra para llevarla al laboratorio y examinar los anillos, pues estudio los efectos del cambio climático en los árboles, lo cual es medible. Pronto contaré con suficientes datos para probarlo y finalmente obtendré algo de crédito como investigadora en la Universidad de Nuevo México.

—"Observa a la hembra de las especies" —digo con mi voz de narrador documental—. "Relegada a la vida familiar en siglos pasados, los avances en la anticoncepción le permiten una mayor libertad y control de su vida profesional. Ella es capaz de aceptar deberes y responsabilidades iguales a los de colegas masculinos, al ochenta por ciento de su salario neto. Percibida como el sexo débil, soporta la postura de los hombres y los intentos de intimidación como el precio de entrada en el lugar de trabajo". —Al menos hasta que me asegure la financiación de mi proyecto. Entonces será ¡*Sayonara*, idiotas! Me estrujo los dedos para calentarlos y ponerme a trabajar.

Durante las próximas horas, continúo recolectando muestras. Con tanta nieve es difícil permanecer en el camino, pero estoy bastante segura de que lo he hecho. No me importa mucho, regresar a la cabaña será fácil. Todo lo que tengo que hacer es seguir nuestras huellas en la nieve.

A punto de interrumpir el muestreo para tomar un refrigerio, el viento azota. No me he dado cuenta de que las nubes han tapado el sol.

Maldita sea. No hay tiempo para un descanso. Tendremos que volver a la cabaña antes de que llegue otra tormenta. Silbo para llamr a Oso. El viento me golpea la cara y me atraviesa la ropa agitándose en ráfagas, por lo que no está claro si comenzará a nevar o si solo limpiará la nieve que cayó ayer.

Murmuro en mi imitación de David Attenborough:

—"Los patrones climáticos son susceptibles a grandes cambios en las montañas. Días cálidos —suficientes para despertar a un oso de su hibernación—, seguidos de caídas de temperatura que precipitan tormentas invernales... —Un fuerte ráfaga me corta la garganta y abandono el gag del minidocumental. Hace un frío de mil demonios. Tendré que irme de aquí.

Más adelante, oigo a Oso enloquecido, ladrando y gruñendo.

—¡Oso! ¡Ven aquí, chico! —Pongo la voz aguda con el comando, pero Oso no viene.

¿Qué demonios hay ahí?

El pánico se apodera de mí. ¿Y si es el oso de anoche?

Oh, Dios, que no le haga daño a mi perro.

Como si nada, el viento arremete entre los árboles y esta vez, estoy segura de que ya nieva. La precipitación me cae en la cara con fuerza.

Entro en carrera siguiendo el sonido de los ladridos de Oso.

—¡Oso! ¡Ven acá! *¡Oso, ven!*

El terror me recorre las venas cuando todavía no

La presa del alfa

aparece y sus gruñidos y ladridos bajos continúan. Lo alcanzo a ver, solo para notar que se aleja en la distancia, como si estuviera persiguiendo algo.

Joder.

—¡Oso, no! Perro malo —grito con voz más grave y desesperada.

Por lo general es un perro extremadamente obediente. Tal vez un poco malcriado, pero siempre viene cuando se le llama. Ahora, sin embargo, veo sus arrebatos entre los árboles mientras persigue lo que sea que estaba gruñendo.

Maldito perro.

Ni siquiera es nuestra primera incursión en el bosque.

—¡Oso! ¡Oso, vuelve! ¡Ya!

Finalmente se detiene. A lo lejos, lo veo girar y mirar en mi dirección, luego retrocede por el camino que iba.

—¡No! ¡Ven aquí!

Oso echa una mirada más larga, luego trota hacia mí con el rabo entre las patas, escabulléndose un poco del gruñido de mi voz.

Le regaño cuando llega y me doy la vuelta para encontrar el camino.

Joder.

Nieva tan intensamente que nuestras huellas casi ya están cubiertas.

Empiezo a correr.

—Vamos, Oso. Tenemos que movernos deprisa —jadeo. La altitud me marea en un buen día, pero si se le añade el aire helado, me duelen los pulmones solo de respirar. Avanzo intentando mantenerme un paso por delante de mi creciente pánico.

Si me pierdo aquí, no tengo forma de contactar con nadie que me ayude. Oso y yo moriremos de hipotermia antes de que alguien nos encuentre.

Mis pies abren paso por la nieve. Me tropiezo con algo debajo del polvo blanco, caigo de cabeza y planto la cara en cuarenta y cinco centímetros de copos fríos y húmedos. Oso trota hacia mí y me lame la oreja mientras me pongo de pie.

No hay tiempo que perder. Tenemos que seguir avanzando. Corro aún más, lo que, por supuesto, significa que vuelvo a tropezar.

Y tropiezo otra vez.

Joder, creo que me estoy volviendo torpe por el frío.

Empiezo a correr otra vez pero me doy cuenta de que acabo de invertir la dirección: estoy siguiendo las huellas frescas en lugar de las antiguas.

Madre mía. ¿Dónde están las anteriores?

Doy vueltas y el pánico se apodera completamente de mi garganta. Un patético gemido sale de mi boca.

—No pasa nada, Oso —murmuro—. Lo resolveremos, ¿verdad? ¿Sabes cuál es el camino a casa? —Escudriño la zona en busca de cualquier rastro que me parezca familiar, pero todo está cubierto de blanco. No tengo ni idea de dónde estamos o de qué dirección venimos—. Ve a casa, Oso —intento, pero ladea las orejas y sacude el rabo cubierto de nieve, sin entenderme.

Intento respirar hondo pero mis pulmones rechazan el aire frío. Puedo hacer esto. Puedo resolverlo. Hay que marchar cuesta abajo.

Tenemos que ir cuesta abajo, ¿verdad?

Cuando llegamos al sendero, era una pendiente, así que mientras vayamos cuesta abajo, debemos avanzar en la dirección correcta.

¿Dónde está el río? Me ayudaría a averiguar dónde estamos.

El problema es que es difícil saber qué es cuesta abajo y qué es cuesta arriba en este momento. Apenas puedo ver a dos metros delante de mí. El viento se arremolina en todo tipo de ángulos alocados arrojándome nieve en la cara. Hago todo lo posible para orientarme en la montaña y elegir la dirección más lógica. Puedo resolver esto. Si seguimos avanzando, eventualmente llegaremos al pueblo o al río. Y no nos congelaremos hasta morir, a menos que nos detengamos.

Es una idiotez, pero la canción de *Buscando a Nemo* que dice *solo continúa avanzando* comienza a sonar en mi cabeza. Genial, justo lo que necesitábamos, un tema musical para esta caminata.

Una hora más tarde, ya exhausta, tengo los vaqueros congelados hasta las piernas y me muero de hambre. Llamo a Oso y me detengo para sacar algo de comida de mi mochila. Me como una barra de granola y le doy una a Oso también.

—Descansaremos un minuto y luego continuaremos, ¿de acuerdo, chico? —Apoyo la espalda contra un árbol. Se siente tan bien parar. Es curioso pero ya no siento tanto frío.

Me dejo deslizar hacia abajo para sentarme. Dios, sí. Solo necesito descansar un rato. Descansar y entrar en calor aquí bajo este árbol. Tal vez el cielo se aclare un poco y sea fácil encontrar nuestro camino de regreso.

O la nieve se derretirá...

Oso me empuja y me lame la cara.

Luego ladra.

—No pasa nada, muchacho —murmuro.

De repente tengo mucho sueño.

Apenas me doy cuenta de que Oso ha comenzado a ladrar cada vez más fuerte ...

* * *

Sujeto de prueba 849

Hembra. Mujer en el bosque. La perdí.

Maldito perro.

Necesito a la mujer para nuestras pruebas que son muy importantes. Tenemos que medir cuánto dolor puede soportar para determinar qué factores estresantes desencadenan la transformación el el animal.

No, no la transformación.

Estas hembras no cambian.

¿Por qué no cambian?

Tal vez con el factor estresante adecuado puedan encontrar su animal interior. O con bastantes inyecciones de suero.

La forma en que mi animal se manifiesta es mediante momentos de peligro extremo o miedo.

O se manifiesta parcialmente.

Si hubiera tenido suficientes pruebas, suficiente práctica, podría haber aprendido a controlar al animal salvaje que hay en mí. La rabia. El terror.

Necesito desarrollar el suero para recuperar a mi animal, así podré transformarme completamente.

Es por eso que tengo que tratar a estas mujeres. Hacerles más pruebas. Más pruebas que soportar. Más dolor. Pronto se convertirán en los animales que anhelan ser.

Pronto obtendremos los resultados por los que hemos estado trabajando.

* * *

Caleb

. . .

Hay una furiosa tormenta de nieve afuera. Mi oso debería querer agazaparse y dormir, pero algo me saca de la cabaña. El mismo mal presentimiento que tuve ayer, pero amplificado. Tal vez solo me esté volviendo loco.

Siempre está latente la posibilidad de la locura, cuando pasé demasiado tiempo en forma de oso y mi razonamiento humano se ha visto afectado, al igual que mi autocontrol.

Abro la puerta y una ráfaga de viento me pica la cara con nieve. Estoy en forma humana, pero levanto la nariz al aire de todos modos, olfateando. Escucho algo. Es débil, pero un perro ladra. Hay un timbre de temor en el ladrido que capto aun a la distancia. Es un ladrido de advertencia, un ladrido de emergencia.

Joder.

Me pica la piel y me entran ganas de transformarme en mi animal. Con cualquier señal de peligro, el oso quiere entrar en acción y por tal razón apenas soy apto para la compañía humana en estos días.

De momento, mi oso está al límite, porque sé exactamente de quién es el perro que ladra, y me aterroriza averiguar por qué. Vuelvo a entrar en la cabaña para ponerme las botas, la chaqueta y el sombrero, luego salgo a la tormenta de nieve.

—Sigue ladrando, perro. Ya voy —digo en voz alta. Mientras se mantenga el ladrido, podré localizarlos. Espero rescatar a *ambos* y no solo a él.

Espero que sea la ventisca la que los amenaza y no algo, alguien, otra cosa.

Mis largas zancadas se convierten en una carrera cuanto más mi mente se arremolina en torno a todo lo que podría haber salido mal. El calor de la transformación lo siento a flor de piel. Quiero adoptar mi forma de oso para poder cubrir más terreno, llegar más deprisa, pero resisto el impulso. No seré de mucha utilidad en forma de oso para la encantadora científica, a menos que se encuentre bajo un ataque directo.

Cuando me invade el recuerdo de haber encontrado muertas a Jen y Gretchen, casi pierdo el control.

Por favor, no.

Que no vuelva a suceder.

Al acercarme, el perro se abalanza sobre mí gruñendo ferozmente, pero luego se detiene a medio camino entre la mujer y yo, se sienta y se limita a ladrar. El pobre animal no sabe si proteger a su dueña de mí o llevarme hasta ella. Sus instintos se mezclan caóticamente en este momento entre la necesidad de sobrevivir y de socorrer a su dueña.

Pobre criatura. Le ignoro mostrando mi dominio y se queja cuando paso, probablemente ha captado mi olor y se dio cuenta de que no soy humano. Al menos no completamente.

Encuentro a la joven científica desplomada contra un árbol. Tiene los ojos abiertos pero no parece consciente. Probablemente esté en alguna etapa de hipotermia.

Cielos.

¿Qué demonios pasó aquí? Olfateo pero no detecto ningún olor que no sea el de ella y el perro.

Tan pronto como se recupere de este lío, voy a ponerla en mi regazo y darle nalgadas por haber salido en un día como este.

Vale... Ese fue un pensamiento extraño.

Nunca haría algo así con ninguna mujer....Que no fuera mi compañera.

Cielos, he estado viviendo aquí solo demasiado tiempo. No debería estar tan afectado por la primera mujer que se me aparece. Especialmente cuando es humana.

Me agacho y levanto a la científica del suelo, tirando de ella para ponerla de pie primero, luego agachándome y echándomela al hombro.

Murmura una incoherencia, pero la ignoro. El peligro no ha pasado; todavía tengo que llevarla a mi cabaña y calentarla. Correría, pero me temo que la sacudiría demasiado. No quiero romperle el cuello a la frágil humana. Me conformo con apresurarme mediante zancadas largas. El perro corre a mi lado, tratando de saltar y lamer la cara de su ama.

Llegamos a mi cabaña y, aunque no mantengo las estufas de gas encendidas, el calor parece asaltarnos.

La humana gime cuando la pongo de pie. Se me ocurre que debería decirle algo tranquilizador, pero ese tipo de palabras hace mucho tiempo que las olvidé. Casi no hablo con nadie, y cuando lo hago, no es por cortesía. No soy cortés. Ni charlo. Definitivamente no soy amable. La amabilidad está tan lejos de mi campo de acción que ni la recuerdo.

Le quito la mochila y la tiro detrás de la puerta.

—Ven aquí —gruño, agarrándola del codo y empujándola al cuarto de baño. Se limita a pararse allí, desorientada y dócil, mientras le lleno la bañera con agua tibia.

Le quito de las manos los guantes de cuero empapados, luego le abro la cremallera y se la bajo. Sus ojos se abren ligeramente, pero parece incapaz de hablar todavía.

—Tengo que subirte la temperatura —gruño, quitándole el jersey a continuación, y luego la sexy camiseta rosa de tirantes con la que la vi anoche.

El sujetador también es rosa, y por mucho que intente no mirarle las tetas, estoy jodidamente deslumbrado por ellas cuando sobresalen tan voluptuosas que se balancean, en una piel blanca cremosa con un puñado de pecas cobrizas en la parte superior y media.

Los pezones, joder, los pezones son la perfección, de un tono melocotón rosado, y están duros como la piedra.

Tiene los medios para cubrirse los senos, o al menos lo intenta, pero las manos aún no le funcionan, y las sostiene frente a su cara, como si se le hubiesen roto, entonces usa los antebrazos para taparse los pezones.

Después de quitarle las botas, le desabrocho los pantalones vaqueros. Simplemente se queda allí y me lo permite. No sé por qué diablos no tenía puestos pantalones para la nieve si iba a salir con semejante ventisca. Tampoco sé por qué diablos *salió* con una tormenta de nieve, pero tengo la intención de averiguarlo más tarde. Cuando pueda hablar.

Los vaqueros congelados se le adhieren a las piernas. Me estremece bajárselos por su piel irritada por el hielo y espero no hacerle daño.

—¿Qui-qui-quién eres? —se las arregla para decirme mientras la sostengo por las caderas y le quito los calcetines. Gracias al cielo son de algodón. Los dedos de los pies todavía se ven intactos.

—Soy el que te salvó de morirte congelada. —Es una respuesta de mierda, pero actuar como un salvaje es mi modus operandi.

Cuando intento bajarle las bragas de algodón, también rosa pálido, se las agarra, o al menos lo intenta.

—Bien —espeto—. Déjatelas. —Levanto la barbilla hacia la bañera—. Vas a meterte ahí.

La sostengo por el codo y la dirijo al cuarto de baño. Grita de dolor cuando el pie entra en contacto con el agua tibia. Tuve cuidado de no calentar demasiado el agua, pero estoy seguro de que la quema como el infierno.

—Lo sé. Te va a doler cuando la sangre vuelva a la zona. Tómatelo con calma. —*Listo*. Puedo ser mínimamente civilizado.

Rechina los dientes y se apoya en mí para meter el otro pie, chirriando el aliento entre los dientes.

—Ahora siéntate. Tengo que ocuparme del perro.

Abre los ojos de par en par.

—¿Oso? ¿Dónde está Oso? —Intenta mirar a mi alrededor, lo cual es lindo, porque soy demasiado corpulento para que vea más allá.

Su perro está justo detrás de mí, totalmente a mis pies. Suelta un leve quejido cuando oye su nombre.

—¿Está bien?

A mi oso le agrada que se preocupe más por el perro que por sí misma, pero no me sorprende. Ya he tenido la impresión de que ambos son muy unidos y que ella es amante de los animales.

—Te salvó la vida —suelto.

—No es lo que pregunté. —Los dientes le castañetean mientras baja a la bañera; da un alarido cuando el culo toca el agua.

—No lo sé. Intento descongelarte primero.

—Encantador —murmura jadeando, haciendo una mueca mientras se hunde más profundamente en el agua.

Tan pronto como entiendo que no se va a ahogar ni nada por el estilo, agarro una toalla y la lanzo sobre el perro. No servirá de mucho cuando su grueso pelaje aún está enmarañado con hielo y nieve que no se ha derretido.

Joder.

En algún lugar, creo tener un secador de pelo que era de Jen que guardé porque me resulta útil en ocasiones. No para el cabello, sino para proyectos como secar el pegamento o el yeso húmedo.

Lo encuentro debajo de la bacha y lo enchufo.

—¡Perro! —digo con severidad. El perro se acobarda.

—¿Por qué mi perro te teme?

Miro hacia ella. Todavía parece conmocionada. Apenas viva. Confusa. Me irrita porque claramente estuvo muy cerca de morir. Si no hubiera escuchado a su maldito perro...

Miro hacia abajo, la razón por la que ella todavía respira. El perro mete la cola entre las patas y deja caer la cabeza sumisamente.

—Porque me reconoce como alfa —le digo. *Y como un maldito oso negro gigante*. El pobre perro debe de estar acojonado, sabiendo en algún nivel lo que soy.

Enciendo el secador de pelo, lo cual desalienta más preguntas. El perro se queda parado allí aceptándolo encorvado ante el ruido y la ráfaga de aire caliente. Continúo así hasta que la nieve se ha derretido y el pelaje apesta el cuarto de baño.

Necesito todo mi esfuerzo para evitar mirar a la científica desnuda en mi bañera. De hecho, ni siquiera sé por qué me quedé en el mismo cuarto con ella cuando me pone a prueba la concentración. *No debería* contemplar sus exuberantes pechos cuando su bienestar todavía pende de un hilo. Especialmente porque me deja a mi siempre presente oso aún más a flor de piel. Joder, probablemente tenga los ojos brillando amarillos en este mismo momento.

Pero luego la miro —porque, bueno, sí, los senos son preciosos—, y me doy cuenta de que ella no se recupera tan deprisa como esperaba. Por supuesto, no sé mucho de humanas, pero no esperaba que le siguieran castañeteando los dientes ni que su cuerpo temblara tanto.

Joder.

Mi oso gruñe como si la muerte fuera un enemigo real

contra el que tuviera que defenderla. Lo reprimo, no puedo pensar. Joder, estoy medio enloquecido con pensamientos animales y necesito pensar. Tengo que descubrir cómo salvar a esta hembra.

Abandono al perro, cuyo pelaje está casi seco ahora, y me dirijo a la bañera.

—Sal —ordeno.

Ella no se mueve. Ni siquiera los ojos. Es como si estuviera en estado de shock.

Maldita sea.

La agarro por detrás de los codos y la levanto para que se ponga de pie.

—Fuera, ven —intento ordenarle de nuevo. Necesito su ayuda o tendré que recurrir a echármela al hombro otra vez.

Se queda allí, temblando.

Maldita sea. Cojo una toalla y se la envuelvo alrededor de los hombros, luego le echo un brazo debajo de las rodillas y la alzo como a un bebé.

—Vamos, princesa. Tengo que calentarte.

—Tengo f-f-f-frío —tartamudea.

—Me di cuenta —digo secamente, llevándola a la sala de estar, con el perro pisándome los talones. La tumbo en el sofá y termino de secarla con la toalla, acariciando suavemente la piel enrojecida en la intemperie. Su perro, aún húmedo, se sienta junto al sofá observando todo. Aún alerta en caso de que necesite ayuda.

Y ella la necesita. Esta humana requiere atención médica. Un hospital o algún otro tipo de ayuda de emergencia. No lo sé, porque los los metamorfos nos curamos solos sin la interferencia de un médico.

¡Un saco de dormir! Eso es lo que necesito.

Recuerdo haber oído que es una forma de aumentar el

calor corporal de una persona. Meterla en un saco de dormir con otro cuerpo. Um, preferiblemente desnudo.

Joder. *Estoy acabado.*

Mi polla se pone dura solo de pensar en estar piel con piel con la encantadora científica. Mi oso se retuerce bajo mi piel, ansioso. Siempre ansioso. Siempre listo para gritar, clavar sus garras y dientes. Especialmente por una mujer en peligro.

Ni siquiera es una osa, quiero decirle. *Cálmate, joder.*

Tal vez él también ha perdido la razón. Ambos nos hemos vuelto locos. Yo, por demasiado tiempo en forma animal. Mi animal, con demasiado... joder si lo sé. ¿Miseria? ¿Dolor?

Cubro a la hembra helada con una manta maldiciéndome por no tener algo más suave. Después de encender un fuego que crepita en la chimenea, traigo un saco de dormir del armario y lo dejo caer sobre la alfombra frente al hogar. Mi oso todavía amenaza a flor de piel, mezclando mis pensamientos con una agresividad mortal. Hay una razón por la que la gente le teme al oso. El instinto de protección es feroz en nuestra especie, como en la mamá osa.

Aquí no hay nadie a quien matar, cabrón. Y lastimarás a la chica si no retrocedes.

La humana todavía tiembla en mi sofá castañeteando los dientes. Vaya flor delicada.

—Ven aquí —le digo bruscamente, agarrando sus muñecas y tirando de ella para que se ponga de pie—. Tenemos que subir la temperatura de tu cuerpo. Métete en ese saco de dormir. —Lo señalo y la conduzco.

Se mueve como una torpe muñeca de madera, con pasos rígidos y descoordinados, pero se las arregla para meterse en el saco de dormir.

—Quítate las bragas.

Soy un maldito. Eso no sonó bien.

Ella no se mueve.

—Están mojadas y frías. Quítate las malditas bragas ahora —ladro, poniendo el comando alfa en mi voz. El perro lo oye y mete la cola aún más entre las patas, dejando caer la cabeza.

En realidad, no espero que me obedezca. Ella no es una cambiante, por lo que no responde a la orden alfa. Por otro lado, no me conoce en absoluto. Soy un completo desconocido que le ordena que se quite las bragas. Definitivamente podría malinterpretarse.

Después de un momento, se mete en el saco de dormir pero los movimientos parecen agotarla y se queda quieta, tiritando.

Joder. Abro la cremallera del costado del saco de dormir y agarro los lados de las bragas. Abre de par en par los ojos cuando se las bajo.

Casi me transformo en mi animal. Y no es para protegerla.

Aparentemente, mi oso se piensa que esta curvilínea humana es la mejor opción, porque se afilan los dientes en la boca como si quisiera darle un mordisco de apareamiento.

Oso loco. Necesito tenerle bajo control o podría lastimar inadvertidamente a la frágil humana. Cierro los ojos y giro la cara por si los iris de mis ojos se tornaron amarillos. Lucho para evitar un gruñido del oso. Cielos, tener a una mujer desnuda a tan corta distancia que podría besarla le provoca todo tipo de reacciones a la bestia interior.

Vuelve a dormirte, oso.

Tocarla, acostarme junto a su cuerpo desnudo, es lo último que debo hacer teniendo en cuenta el escaso control que tengo sobre el animal. Pero hay que hacerlo. La vida de la mujer sigue corriendo peligro.

Me despojo de todo menos de mis calzoncillos, me meto en el saco junto a ella y hacemos contacto, luego cierro la cremallera. Su aroma me invade las fosas nasales, como fresas al sol. Y helado de vainilla. El calor me enciende las extremidades. Lucho por calmar al oso, respirando lenta y mesuradamente, concentrándome en el frío de su carne en mi piel ardiente.

Pongo a la mujer de espaldas a mí y me amoldo. Ella se pone rígida pero no protesta. Rezo para que mi intención sea bastante clara: este no es un momento romántico, es un acontecimiento que salva vidas.

Al menos espero que le salve la vida.

Su amplio culo llena mi regazo. Un exuberante culo desnudo. Nada entre ella y mi polla sino un fino par de calzoncillos.

Consigo apartar las caderas cuando la polla se alarga. Unas punzadas de calor me recorren la espina dorsal a medida que el dolor del cambio viene directamente a mí.

Cielos, en el mejor de los casos voy a darle un susto de muerte si siente mi virilidad moviéndose en su trasero. Especialmente porque la polla de un oso... es gigantesca. Y no es por alardear, solo afirmo un hecho. En el peor de los casos, podríamos tener una situación de ataque del oso.

No, el oso no le haría daño. Mi oso nunca lastimaría a una mujer.

Sigue diciéndote eso, susurra una voz en el fondo de mi cabeza. *Todavía no lo sabes con certeza.*

Con el calor infernal que hace en el saco de dormir, sudo como un demonio, pero me alivia sentir la carne ya caliente de ella contra la mía. Sus dientes dejan de castañear. Los escalofríos cesan.

La pobre humana, probablemente agotada por su terrible experiencia, se duerme plácidamente.

Le silbo suavemente al perro, que se pasea a nuestro alrededor vigilándome, y doy una palmadita en el sitio junto a de mí. El fiel canino quizás también necesite el calor de mi cuerpo para subir la temperatura. Se echa sobre el vientre, a mi lado, entendiendo el gesto. Lo arrimo contra el saco de dormir, ofreciéndole mi lado para que se amolde a él.

Ahora, me falta descubrir cómo volver a replegar a mi oso y quedarme dormido con una descomunal erección.

Capítulo Cuatro

M*iranda*
 Lo primero que noto es el sonido de ronquidos leves. Justo al lado de mi oreja.

Entonces me doy cuenta de lo locamente caliente que estoy. Caliente y sudada. Mi piel resbaladiza se desliza sobre la piel resbaladiza de otra persona.

¡Dios!

Abro los ojos de par en par cuando recuerdo el rescate.

El hombre medio bestia que me echó sobre su hombro y me trajo a esta cabaña yace boca arriba a mi lado. Tengo la cabeza apoyada en su brazo, y, oh, cielos, una de mis piernas sobre la suya como si se tratara de un abrazo poscoital, en lugar de dos perfectos desconocidos desnudos, tumbados juntos en un saco de dormir.

Hay poca luz en la cabaña, solo los primeros rayos de luz de la mañana que entran por las ventanas, pero una hoguera sigue ardiendo en la chimenea, iluminando la sala con una luz ámbar parpadeante. Levanto la cabeza para mirar fijamente al desconocido. Es enorme, tiene el pecho y los brazos musculosos cubiertos de tatuajes negros, pómulos altos con huecos debajo, y luce una barba oscura rebelde, como si fuera una especie de montañés.

No sé si es por su salvajismo, por su aspecto formidable y los modales toscos, o por la lejanía de su cabaña, pero de repente me invade una punzada de pavor.

¿Y si es el asesino serial? Tal vez secuestre mujeres y las traiga a esta misma cabaña.

Tengo que salir del saco de dormir. Y de la cabaña. Inmediatamente.

Por supuesto, la cremallera del saco de dormir está del otro lado.

Aparto la pierna del gigantesco hombre y empiezo a deslizarme hacia arriba, fuera del saco de dormir. Y ahí es cuando le veo el otro brazo. Su otra extremidad tatuada, no la que me sirvió como almohada, se dobla protectoramente alrededor de Oso.

Se me escapa un suspiro de alivio, casi una risa.

Me viene a la memoria que usó un secador de pelo con mi mejor amigo.

No puede ser un asesino en serie. Este hombre no solo me salvó la vida, sino también la de Oso.

¿Y si le gusta mantener vivas a las mujeres para poder torturarlas?, intenta señalar el susurro del miedo. *Los asesinos en serie también pueden amar a los perros.*

Pero no es un amante de los perros. Dudo que sea un gran amante de la gente igualmente. Durante el socorro se veía sombrío, rencoroso. ¿Un asesino serial sería hosco si me tuviera donde quisiera? No, lo celebraría.

Es lo que me digo a mí misma.

Nada de eso puede atribuirse a mi nueva fascinación por el fornido pecho del hombre. O la forma en que de repente soy aún más intensamente consciente de mi desnudez. Y de la resbaladiza humedad entre mis piernas.

Mi cuerpo reacciona a la visión de sus músculos esculpidos, la cercanía de un hombre desnudo. *¿Está desnudo?*

Miro dentro del saco de dormir. Hay unos calzoncillos.

Y, mmm, un mástil.

¡Joder, su polla es enorme!

Se me tensan los pezones y un lento zumbido comienza en la entrepierna. No estoy segura de cuándo he estado tan excitada. Por supuesto que ha pasado mucho tiempo desde que tuve relaciones sexuales. Un tiempo realmente largo.

Tres años, el último fue Will Carter, otro estudiante de posgrado que literalmente me jodió, usándome para que le ayudara a ordenar su investigación para luego dejarme tan pronto como descubrió qué hacer.

Por eso no se me da salir con hombres. Ni el sexo. Ni las relaciones.

"Observa al macho de la especie, sucumbiendo a la testosterona. Impulsado por sus instintos competitivos y antagónicos, ve a cualquier mujer inteligente como una amenaza..."

El hecho de ser mujer en el ámbito de la ciencia me ha enseñado muy bien una lección: si no me cuido a mí misma, y a mi investigación, nunca llegaré a ninguna parte. El sexo, las relaciones, incluso las amistades, solo arruinan la carrera profesional..

Tampoco ayuda que el peso extra que tengo me haga parecer una diosa de la fertilidad en lugar de una científica seria. Y este hombre lo vio todo anoche. Cada kilo de carne.

Mi coño se aprieta como si sospechara que le gustó lo que ha visto, a pesar de que mi cerebro me diga lo contrario.

Es una locura, nada propio de mí en absoluto, pero lentamente empujo el saco de dormir hacia abajo para contemplar más el pecho del hombre y me digo a mí misma que solo quiero ver el resto de los tatuajes.

"Las marcas rituales del macho son señales de su tolerancia al dolor y su inconformismo con los ideales conservadores..."

Oh, hola, seis pares de músculos abdominales.

Tiene un cuerpo esbelto y fornido a la vez. Siento la tentación de tocarle los vellos de su barba oscura, pero sé que sería ir demasiado lejos.

Oso levanta la cabeza y mueve la cola.

No hablo con mi perro porque no quiero despertar a mi salvador. No hasta que salga de este saco de dormir y encuentre algo de ropa. Entonces continúo con mi ridículo contoneo, arastrándome como los del ejército, para salir de la bolsa y él resopla, curvando el brazo que estaba debajo de mi cabeza y ahora está a la altura de mi cintura, capturándome.

Oh, joder.

Mis pechos ahora le rozan la parte superior de la cabeza, mi coño está más húmedo que antes solo por sentir su fuerza.

Me lo imagino usando esa fuerza para sujetarme y llevar esos labios sensuales a un pezón.

Dios mío, ¿qué? Vale, enloquecí. ¿Sujetarme? Definitivamente no es una fantasía que haya tenido antes. No voy tras hombres engreídos y dominantes que piensan que necesitan hacerse cargo de la relación o la cama. Me repugnan.

Intento seguir contoneándome pero su brazo alrededor de mi cintura me aprieta, a pesar de que ha vuelto a caer en ronquidos suaves.

¿Qué clase de hombre ejerce control sobre una mujer cuando está dormido?

Un asesino en serie, susurra la preocupante voz.

La acallo. No puede ser. Este es un hombre acostumbrado a acostarse con una mujer.

Y debería encontrarle dulce, pero en cambio un nudo de celos me estruja el vientre. ¿Así que este tipo regularmente trae mujeres a su cabaña? ¿Quiénes son? ¿Mujeres del pueblo?

Vale, me rindo. Voy a tener que arriesgarme a despertarle. Me muero de hambre y tengo que orinar.

Me aclaro la garganta.

Nada. Ni siquiera se mueve.

Intento apartar el brazo alrededor de mi sección media pero no se mueve. Me aclaro la garganta otra vez.

—Yo, eh, tengo que levantarme —finalmente digo en voz alta.

Todavía no se mueve.

Guau. Duerme profundamente.

Bien, al diablo con la cortesía. Este tipo tiene que soltarme. Empujo el brazo y lucho por salir del saco de dormir, dándole accidentalmente un rodillazo en las costillas.

Resopla y sacude la cabeza rodando sobre sí mismo, levantándose sobre un codo en un movimiento lento pero fluido. Parpadea como si acabara de despertarle de entre los muertos. Sus ojos parecen amarillos al principio, pero debe de ser un reflejo del fuego, porque después de parpadear, me doy cuenta de que son de color marrón muy oscuro. Casi negros.

Entonces sus párpados se abren de par en par, porque, bueno, sí. Tiene a una mujer voluptuosa desnuda de rodillas junto a su cabeza. Con seguridad, ve demasiado de mis partes desnudas. Después de un rápido debate entre volver a meterme bajo cubierta en el saco de dormir y salir, opto por salir. Debido a que ya no necesito frotar sigilosamente mi cuerpo desnudo por su cuerpo desnudo —

¡Detente, cerebro!— salgo tan deprisa como puedo, cubriéndome los senos con un antebrazo y el coño con la otra mano.

El hombre emite un gruñido que suena animal; su musculoso brazo se balancea en el aire mientras retuerce el cuerpo estirándose. El fuego se refleja en sus ojos nuevamente dándoles un brillo animal.

Una camisa verde de franela vuela por el aire hacia mí y la atrapo con la cara. Me la pongo y la abotono rápidamente, luego tiro del dobladillo hacia abajo, hasta donde llega. Es un tipo grande, pero yo soy una chica grande —con curvas, me gusta decir porque se siente mejor que admitir el sobrepeso—, y lleno la camisa para que apenas caiga por debajo de mi entrepierna.

Mi cara arde totalmente mientras me mira con ojos oscuros. Recuerdo que me sacó del baño anoche como si no pesara nada. Como si fuera la heroína de una película.

Sacudo la cabeza para erradicar ese pensamiento.

—Um, gracias —murmuro, retrocediendo cuando comienza a salir del saco de dormir.

Se detiene justo antes de asomar sus caderas y tira de la tela hasta su cintura.

No puedo evitar mirarle, porque la razón por la que no salió es obvia.

Sí. El saco de dormir parece una tienda de campaña. Joder, ese mástil es alto.

Me doy la vuelta para darle algo de privacidad.

Iré al cuarto de baño. Eso es lo que necesito. Miro a mi alrededor sin recordar la distribución porque anoche estaba demasiado desorientada por el frío. Debo de haber tenido hipotermia.

Una nueva oleada de gratitud me recorre. Oso y yo estaríamos muertos si no fuera por el hombre que está ahí y cuyo nombre ni siquiera conozco.

Una vez que encuentro el baño, orino rápidamente. Mi ropa sigue en un charco en el suelo donde la desechó ayer. Recuerdo esas grandes manos desnudándome. No fue sexy, pues estaba más disgustado que otra cosa, pero el recuerdo me provoca que se me frunzan los pezones otra vez. Realmente desearía tener un par de bragas que ponerme, así el estremecimiento entre mis piernas no sería tan intenso.

Recojo mi ropa mojada y sucia. Maldita sea. Me miro rápidamente en el espejo. ¡Dios mío, qué mal me veo! Tengo un desastre en el cabello por usar el sombrero todo el día ayer y luego revolcarme toda la noche sobre el brazo de un fornido hombre. Agarro un peine y hago todo lo posible para sacar los enredos. Luego husmeo en la gaveta del baño.

Una vez leí una estadística sobre las gavetas del baño. Algo así como el cincuenta por ciento de las personas que usan un baño ajeno husmeará en los armarios o gavetas. Normalmente no caigo en ese grupo, pero hoy es una excepción.

No hay enjuague bucal ni cepillo de dientes extra. Hay muy pocos artículos, en realidad. Solo lo básico: desodorante, hilo dental y vaselina, que agarro y me froto un poco en los labios secos y agrietados.

Luego me llevo mi fardo de ropa mojada.

El montañés ya se ha levantado y se ha puesto los pantalones vaqueros, lo que de alguna manera lo hace parecer aún más sexy. Sus abdominales de tabla de lavar se ven aún mejor enmarcados por vaqueros. Me relamo los labios, un hábito nervioso que creía heber abandonado hace años.

—Um, gracias. Ya sabes, por rescatarnos. Y, mmm —miro el saco de dormir arrugado en el suelo— por salvarme la vida.

Tiene esa extraña costumbre de permanecer perfectamente inmóvil. Me observa atentamente, con sus ojos tan oscuros que parecen negros, la expresión inescrutable.

Y luego no contesta. Simplemente se da vuelta y camina hacia la puerta trasera, la abre y le silba a Oso. La nieve sigue cayendo. Mi perro, que de alguna manera ha decidido que este hombre es el jefe, trota y se detiene justo antes de salir con el rabo entre las patas.

—Fuera —gruñe, y empuja a Oso. No hay ira en su voz, pero es increíblemente asertivo y mi perro le obedece instantáneamente; se zambulle en una nieve más alta que él y desaparece.

Me quedo sin aliento, porque significa que la nieve parece tener más un metro de profundidad.

Joder. Supongo que no voy a ir a ninguna parte. No, a menos que este montañés tenga raquetas de nieve o esquís que pueda pedirle prestados y él pueda indicarme la dirección correcta.

Oso hace rápidamente sus necesidades y vuelve a subir los escalones con la nieve cubriéndole el pelaje por todas partes. Entra y se la sacude en el suelo.

—Lo siento —digo con ironía.

El montañés no responde, solo tira una toalla sobre la nieve y se marcha.

—Um, ¿tienes una lavadora? —Lo intento de nuevo.

Se da la vuelta sin contestar.

Me quedo sin aliento cuando me arrebata la ropa sucia de los brazos sin decir palabra y abre una lavadora, justo al lado de donde estamos parados, cerca de la puerta trasera. No la había advertido porque la lavadora y la secadora están ocultas dentro de armarios de madera. Mete mi ropa y la pone en marcha.

Cuando se vuelve, su mirada se posa en mis labios recién abrillantados.

Me ruborizo imaginando que piensa en mí revisando su gaveta. Su mirada me recorre todo el cuerpo, deteniéndose en mis piernas desnudas.

—¿Tienes frío? —Su voz es grave y tan ronca como la recordaba. También es de alguna manera agradable. Mi cuerpo hormiguea en reacción—. Puedo darte unos pantalones de chándal.

No tengo frío, la cabaña está cálida con la hoguera, pero definitivamente quiero pantalones. Me relamo los labios de nuevo, —*¡maldita sea, tengo que dejar ese hábito!*— y muevo la cabeza.

—Mmm, sí. Me vendrían bien, gracias.

Se aleja sin respuesta. Si no me sintiera tan incómoda por despertarme desnuda haciendo cucharita con este hombre *desnudo*, podría apreciar su economía de palabras. Tal como están las cosas, daría cualquier cosa por algún tipo de conversación normal. Alguna cháchara que me tranquilizara, tal como: "Mi nombre es José Montaña, ayer tuviste un buen susto, ¿eh? ¿Cómo te sientes ahora? ¿Puedo prepararte el desayuno?

En realidad, mientras imagino ese escenario, suena demasiado parecido a lo que podría decir un asesino serial.

Mientras este tipo siga siendo hosco, probablemente signifique que no le interesa cortarme en pedazos y enterrarme en el sótano.

¿Cierto?

* * *

Caleb

. . .

Mi cerebro sigue eclipsado por el cuerpo jodidamente excitante de esta mujer en mi sala de estar.

Saber que lleva el coño desnudo en este momento me provoca algo visceral. Mi oso salió rápidamente de su letargo en el momento en que me desperté cara a cara con ella. Es un milagro que no me haya transformado allí mismo.

¿Y su aroma? Excitación total.

No puedo imaginar por qué se excitó. Pensé que estaría aterrorizada de volver en sí y encontrarse desnuda en un saco de dormir con un desconocido. Y creo que lo estaba. Pero también se ha excitado.

Nunca pensé que una humana pudiera oler tan bien. Ciertamente no esperaba estar tan afectado por el olor de otra hembra. Los osos normalmente no se aparean de por vida, pero este sí.

Así que estoy desconcertado por la rección de mi cuerpo, y por la reacción de mi oso, hacia ella, porque se siente como una traición a la memoria de Jen.

Me quedo en mi habitación mucho más tiempo del necesario para coger un par de pantalones de chándal y tratar de no preguntarme cómo se verá en ellos. Me tomo mi tiempo, me pongo una camiseta y me paseo por mi dormitorio varias veces.

¡Maldita sea la voluptuosa hembra por interferir en mi soledad!

Cuando salgo, arrojo los pantalones en su dirección intentando no mirar la forma en que sus pechos sin sujetador estiran la tela de mi franela. La forma en que sobresalen las puntas tensas de sus pezones. De repente me asalta una visión de mí haciendo que esos pechos exuberantes reboten en una variedad de formas, donde todas ellas me involucran penetrándola desde diferentes ángulos. Mi oso retumba contra la jaula de la humanidad.

¡Basta!

¿Qué coño me pasa?

Me dirijo a la cocina para buscar algo de comida. Tengo un hambre de mil demonios y apuesto a que ella también. La comida calmará al oso.

—¿Cómo te llamas? —Su voz comienza vacilante, pero termina con una nota fuerte, como si se estuviera esforzando para ser asertiva.

—Caleb. —No me atrevo a mirarla. No cuando todo lo que puedo pensar es en hacer rebotar esos senos. Abro la nevera y saco dos paquetes de tocino, los huevos, la leche y la mantequilla.

—Soy Miranda. —Su voz es musical para mis oídos. Su nombre es una maldita canción. No puedo evitar echarle un vistazo.

Joder, es tan preciosa. Tiene el cabello castaño rojizo que le cae en ondas enmarañadas sobre los hombros. Los ojos son verdes con pestañas que apenas puedo ver porque son del mismo color que su cabello. La expresión de inquietud en su rostro me hace apartar rápidamente la mirada.

Enciendo los dos hornillos de gas y pongo dos sartenes para calentar, luego saco un tazón y la caja de mezcla para panqueques.

—¿Solo Miranda? ¿No doctora Alguien? —Joder, ¿estoy dándole cháchara?

Yo no soy así en absoluto. No hablo mucho. Con nadie. Especialmente no tengo conversaciones inútiles para que la gente se sienta más cómoda.

Aparentemente ahora lo hago.

Ella suelta una risa, sorprendida; un sonido que relaja instantáneamente a mi oso.

—Bueno, tengo un doctorado. Pero nadie me llama

doctora. —Su voz se vuelve sospechosa—. ¿Qué te hizo pensar que soy una doctora?

—La cabaña de la investigación —gruño—. Te vi conduciendo hasta allí ayer.

No es mentira.

Dejo de lado la parte en la que mi oso se frotó el hocico en su ventana al verla haciendo cabriolas con su diminuta camiseta de tirantes.

Preparo el beicon en la sartén y luego rompo seis huevos en un tazón para hacer una gran tanda de panqueques.

—¿Por qué no usas tu título? Me imagino que trabajaste duro para conseguirlo. —Me arriesgo a echarle una mirada por encima del hombro.

Maldita sea. No es menos atractiva en mis pantalones de chándal. Los llena con sus amplias caderas y su curvilíneo culo. Los pantalones son demasiado largos para ella, por supuesto, pero los ha levantado y enrollado de modo tal que descansan en los huesos de las caderas. Joder, es preciosa.

La sorpresa asoma en su rostro tras mis palabras. Ni siquiera sé qué me hizo decirlas, solo que tengo la sensación de que ella no les exige el respeto suficiente a las personas que la rodean.

—No me gusta ser pretenciosa —dice, pero baja la mirada—. Aunque todos los hombres de mi departamento insisten en que los llamen *doctor*.

—¿Qué departamento es ese?

Para apuntarlo. Este debe de ser el récord de la mayor cantidad de conversación que he mantenido en tres años.

El beicon comienza a chisporrotear mientras mezclo los ingredientes para los panqueques y saco un paquete de arándanos silvestres del congelador.

—El de Ecología. Oye, tienes muchos paquetes de arándanos en tu congelador. —Su voz se oye cercana, como si entrara a la cocina. Bueno, técnicamente todo es una habitación: cocina, comedor, sala de estar. Una zona principal, dos dormitorios y un baño. La construí yo mismo para mi pareja.

Abre mi congelador. Me irrita tenerla en mi cocina, en el espacio que Jen solía ocupar, pero luego tengo otro problema.

—Guau. Así que truchas y arándanos. ¿Comes algo más?

Me estremezco interiormente. Mi congelador está repleto de comida para osos. Probablemente le parezca extraño a un humano.

—Como beicon también —gruño volteando los panqueques—. Y panqueques. —Luego, para distraerla, le digo—: ¿Cómo te sientes hoy? ¿Algún entumecimiento o dolor en los dedos de las manos o de los pies? ¿Orejas? ¿La punta de tu nariz? —No vi nada que pareciera signos de congelación anoche, pero también tenía prisa por meterla en el saco de dormir y calentarla, así que no es como si le hubiera hecho un examen exhaustivo.

Y ese pensamiento no debería provocarme otra palpitante erección, pero lo hace.

Se encienden mis fosas nasales y giro mis caderas más lejos de ella para que no vea su efecto en mí.

—Um, no. Creo que estoy bien. Gracias a ti.

Su vacilante gratitud me produce una calidez sorprendente en el pecho. Lo cual es una tontería. Ciertamente no esperaba ni deseaba su agradecimiento.

—Ni siquiera voy a preguntarte qué demonios hacías ahí fuera, porque estoy bastante seguro de que me hará querer darte unas nalgadas.

Ella respira hondo.

Oh, mierda. No debería haberle dicho eso.

Le doy la espalda, volteo el beicon, apilo panqueques en un plato y le tiro uno a su perro. Sobre el aroma del tocino y los panqueques, capto el aroma de ella. Es de dulce excitación.

Demonios.

¿De verdad? ¿Se ha excitado por mi comentario? No necesitaba saberlo.

De verdad que no.

Ahora no puedo dejar de pensar en lo mucho que me encantaría ponerla en mi regazo y dejarle el culo colorado por casi morirse congelada.

—Eso fue totalmente inapropiado —dice con voz estrangulada.

No soy tan imbécil como para no darme vuelta ahora. Encuentro sus mejillas sonrojadas, los ojos chispeantes.

La forma en que su pecho sube y baja demasiado agitado me hace pensar en cómo me gustaría provocarle jadeos de otras maneras.

—Tienes razón —lo admito—. Soy un idiota. No tengo compañía con demasiada frecuencia. Me he oxidado como para saber qué decirle a una mujer que desnudé pero no follé.

¡Oh, por el amor del cielo! Ahora realmente me he cavado mi propia tumba. El aroma de su excitación se hace más fuerte.

—Vale, probablemente será mejor que te detengas antes de que empeore —advierte y me sorprende sentir que mis labios se retuercen.

Mi polla se alarga por la pernera de los vaqueros.

—¿Quién eres? —me pregunta de repente, como si percibiera mis diferencias. Que soy una especie completamente distinta a la suya.

Me vuelvo a los fogones, vierto tres círculos de masa en la sartén, y dejo caer arándanos congelados sobre ellos.

—No soy nadie.

Por supuesto que suena completamente sospechoso. El aroma de su excitación desaparece reemplazado por el aroma metálico del miedo.

Probablemente le han advertido la desaparición de mujeres por aquí. ¿Cree que yo soy el asesino?

Me devano los sesos pensando qué decirle para tranquilizarla pero no se me ocurre nada. Todo lo que se me ocurre es preparar el desayuno y mantener la boca cerrada. Pongo una cafetera en marcha, luego saco el primer paquete de beicon de la sartén y pongo otro.

—Toma —gruño, dejando caer el plato lleno de panqueques y un plato con beicon sobre la mesita que se encuentra junto a la ventana; que está medio cubierta por un montón de nieve. Su perro me sigue de cerca con ojos suplicantes.

—Debes de tener hambre. —Deslizo el plato de mantequilla sobre la mesa, junto con la jarra de miel.

Miranda se queda cerca de la mesa mientras le sirvo un poco de café, su energía nerviosa me hace querer volver a la hibernación. Es mi respuesta predeterminada a cualquier cosa que requiera emoción. O esfuerzo. O cualquier chispa de vida.

Le entrego un plato y un tenedor, levanto la barbilla hacia la silla en la mesa. Ella los coge sin decir palabra y se sienta. Le lanzo un trozo de beicon al perro, me siento frente a ella y unto mi pila de panqueques con miel.

Ella me mira dubitativa.

—Goloso, ¿eh?

Miro la cantidad de miel en los panqueques mientras me llevo un gran bocado a la boca. Parece que es mucha. Me encojo de hombros.

—Supongo —digo con la boca llena—. Me gusta la miel.

Creo que detecto diversión en su expresión, pero comemos sin hablar. No debería importarme si le gusta la comida o no, pero mi oso se siente estúpidamente complacido cuando se limpia el plato.

—Bueno, ¿y ahora qué? ¿Supongo que no tienes una moto de nieve aquí? ¿O alguna otra forma de volver a la cabaña de la investigación?

Me levanto y recojo la segunda tanda de beicon y la pongo sobre la mesa.

—Doctora Miranda, no va a ir a ninguna parte.

Capítulo Cinco

Miranda

Dos pensamientos me rondan la mente a la vez. Uno: me llamó *doctora*, lo que demuestra respeto, incluso admiración. Dos, simplemente me insinuó que no tengo opción en el asunto de si me marcharé o no.

Es el segundo pensamiento el que me engancha.

—¿Perdón? —La feminista que hay en mí levanta la cabeza, lista para defenderse de otro hombre que piensa que puede controlarme.

Caleb, el hosco montañés con abdominales para el infarto, arquea una ceja hacia mí al devolverme la mirada.

—Me escuchaste. —Toma un bocado de beicon. Por *bocado* quiero decir que muerde la mitad de tres rebanadas a la vez y las mastica lentamente mientras me mira mal.

Trato de interpretar sus palabras. Quiero decir, supongo que es obvio que no puedo irme. Eso es probablemente lo que me está diciendo. Pero no me gusta la forma en que lo dijo. Porque o es un imbécil controlador o es el asesino psicópata que planea mantenerme aquí y enterrarme en el sótano.

De acuerdo, no creo que la cabaña realmente tenga un sótano, pero en el patio trasero, entonces.

—¿Estás diciéndome que no puedo irme?

—Sí. Eso es lo que te estoy diciendo.

Entrecierro los ojos.

—¿Vas a tratar de impedírmelo?

—Claro que sí. ¿Sabes por qué? Porque aun si puedes caminar más de tres metros desde esta cabaña rodeada de nieve que te llega al pecho —lo cual dudo seriamente que puedas—, el sendero está cubierto y no conoces el camino de regreso. Es probable que haya otra ventisca y esta vez termines congelada. Entonces tendré que volver a salir a la intemperie y arrastrarte de regreso. —Termina su épico discurso tomando un trago de café.

Cruzo los brazos sobre el pecho. No se equivoca. Simplemente no quiero estar atrapada en una cabaña remota con el Sr. Gruñón durante días. Incluso cuando el Sr. Gruñón también es el Sr. Alto, Oscuro, Tatuado y Barbudo con un aire sexy de montañés. *Especialmente* por eso.

—Bien. No voy a ir a ninguna parte. Pero para que conste, no elegí estar atrapada aquí contigo.

—Ya somos dos. —Me mira detrás de su taza de café—. ¿Qué demonios te hizo venir hasta aquí con este clima?

—No pensé que iba a ponerse tan mal —digo con la mandíbula apretada—. Y no nevaba cuando salí de la cabaña de la investigación ayer. La tormenta surgió de repente, me desorienté. No soy estúpida. —Me levanto y llevo nuestros platos al fregadero.

—No pensé que lo fueras, doctora Miranda —Enfatiza *doctora*—. ¿Se burla de mí?

—Tengo una fecha límite. Necesito esos datos, son importantes. —No hay lavavajillas, así que empiezo a lavar los platos a mano y los pongo en la rejilla de secado.

—No valen tu vida —murmura. Le echo un vistazo por encima del hombro. Algo en su expresión me recuerda al doctor Alogore y a mis colegas sonrientes.

—¿Sabes qué? Olvídalo. No lo entenderías.

—¿Qué se supone que significa eso? —Sus ojos negros brillan con un destello amarillo. Genial, me he enemistado con él. Probablemente no sea la mejor idea, pero irritarle me da una inyección de satisfacción. Tengo la sensación de que no ha hablado en mucho tiempo, y mucho menos discutido verbalmente con nadie. Bueno, ya lo dijo, ¿no?

—Yo tampoco soy estúpido, cariño.

—Por favor, no me llames *cariño*. —Le señalo con el dedo.

Se encoge de hombros.

—Estás en mi cabaña. Tendrás que aguantar mis maneras. No pretendo hacerte daño.

Resoplo:

—Es condescendiente.

—Señorita, ¿cuál es su problema?

Señorita también me irrita.

—¿Quieres saber? —Levanto las manos—. ¿Quieres saber cuál es mi problema? Mi problema es que cada hombre que he conocido quiere decirme qué hacer. Me trata como un felpudo y me pisotea. Tengo noticias para ti, amigo. —Levanto la voz ahora—. Creéis que sois el regalo de Dios para la tierra verde, y las mujeres solo están aquí para masajear vuestros egos, chupar pollas y, no sé, ser un caramelo para los ojos. Pero no lo somos. No estamos aquí para vosotros.

Caleb me mira como si fuera un ganso graznando. Lo

cual supongo que soy. Es raro, pero se siente bien darle a un hombre un sermón para variar. Algo que nunca puedo hacer en el laboratorio, ya que todo el mundo científico está gobernado por hombres. Una palabra equivocada, y te pasan por alto para siempre por las buenas posiciones.

—No sé qué te hizo un hombre, pero no hay razón para que te desquites conmigo.

Termino de fregar los platos y me desplomo en una silla.

—Tienes razón. Te pido disculpas. Me frustra estar varada aquí sin mi ordenador. Tengo mucho que hacer y no hay forma de avanzar.

Oso se acerca y me lame la mano.

—Y prefiero dormir en el sofá. Pero estamos atrapados juntos, así que también podríamos aprovecharlo al máximo.

La lavadora zumba y me pongo de pie, agradecida de tener cualquier cosa que hacer. Meto mi ropa en la secadora y la pongo en marcha.

Todo en la cabaña está ordenado y limpio. Bien mantenido. Es sencilla y rústica, pero cuenta con ciertas comodidades. Por ejemplo, noté que hay un triturador de basura en el fregadero de la cocina. Y ventiladores de techo en la sala de estar.

Observa al rústico hombre de montaña en su hábitat natural...

Me aclaro la garganta.

—¿Crees que nevará todo el día?

Caleb mira por la ventana.

—Podría. De cualquier manera, no te irás. Creo que deberás quedarte al menos una noche más aquí. Tal vez dos si no para de nevar. —Levanta la barbilla en dirección a lo que deben de ser los dormitorios—. Puedes tomar la habitación de la izquierda. Hay sábanas en el cajón superior de la cómoda.

—Gracias. —Me arrepiento de mi arrebato. Es extraño que me sintiera tan cómoda como para ponerme brusca con un desconocido. Tal vez la forma en que pasamos la noche tenga algo que ver con eso—. Aprecio tu hospitalidad. No quise sonar...

Me hace señas con la mano para que me vaya.

—Ahórratela. No necesito una disculpa. No cuando mis modales son una mierda.

Eso no debería hacer que mi pecho se agite cálidamente. No tengo idea de por qué me siento tan atraída por este hombre.

Me dirijo al dormitorio para poner las sábanas en la cama. Está pintado en tonos lavanda. Hay una cama individual contra una pared con el colchón desnudo. Encuentro sábanas en el cajón, como me dijo. Sábanas floreadas.

Caleb definitivamente no me parece el tipo de hombre de sábanas floreadas con paredes púrpuras. Ni siquiera para una pieza de invitados. Entonces, ¿quién compró las sábanas? ¿Vinieron con la cabaña? Tal vez sea alquilada y se las proporcionó el propietario. Excepto que siento que es suya. Lo pinta de cuerpo entero.

Hago la cama y tiro encima el edredón doblado que encuentré en el armario, también floreado en alegres colores, sobre la parte superior. Debería quedarme en esta habitación y darle privacidad. La casa es pequeña y, al fin y al cabo, no pidió un invitado.

Pero hace más frío en la habitación. No hay fuego. Y nada que hacer.

Oh, ¿a quién quiero engañar? No hay un Caleb. Y me siento atraída por el hombre como un oso a la miel.

Vuelvo al área principal recordando de repente que debería tener mi iPad y muestras de anillos de árboles en mi mochila. Eso me daría algo en lo que trabajar.

—¿Caleb?

Se sobresalta y ahogo una carcajada. El hombre se quedó dormido en los pocos minutos que estuve fuera de la habitación. Supongo que no durmió bien anoche conmigo pegada a su cuerpo.

—¿Llevaba una mochila cuando me rescataste?

—Eh, sí. —Se frota la cara y se pone de pie. Sus largas piernas se flexionan poderosamente y hace que el movimiento se vea elegante a pesar de su gran tamaño y del sofá bajo. Recupera mi mochila de detrás de la puerta principal —. Aquí tienes.

—Gracias a Dios —digo, más para mí que para él—. Puedo empezar a catalogar.

* * *

Caleb

Maldita sea, esta hembra me va a volver loco. Y no solo porque sea un fastidio, que lo es. Sino porque tenerla atrapada en este reducido espacio le provoca lascivia a mi oso.

Lo ideal sería ir a mi habitación, cerrar la puerta y dormir hasta que sea hora de que se marche. Pero los humanos no hibernan y ella pensaría que es extraño.

Pasa junto a mí murmurando para sí misma:

"El macho de la especie domina solo las habilidades más básicas para la vida. Las técnicas de anidación quedan para la hembra, que creará un ambiente de crianza para su descendencia…"

—¿Qué diablos? —suelto y se gira con la cara roja.

—¿Qué? —Mueve los labios, buscando excusas—. Um,

¿dije eso en voz alta? Lo siento, me entretengo fingiendo narraciones. Es un juego estúpido.

Joder, su rostro es tan bello. Con las mejillas sonrojadas y los labios separados, parece recién follada, complacida.

No. No. No. No pienses en eso...

—Solo... —agito mi mano hacia el extremo opuesto de la cabaña—. Quédate allí.

Estupendo. Vaya manera de ser hospitalario.

Se aleja murmurando:

"Los largos períodos de aislamiento pueden resultar en la pérdida de cortesía básica y del conocimiento de las interacciones sociales..."

Me siento agradecido cuando se queda en silencio, pero nada me ayuda a olvidar que está allí. Tenerla aquí es una forma especial de tortura. No puedo quedarme sin hacer nada con ella en mi espacio. Su aroma a fresas y helado de vainilla me hace cosquillas en la nariz. Su altanera sensibilidad feminista me saca de quicio. Su cuerpo curvilíneo parece muy maduro para recibir mis embestidas. Mis garras de oso salen a la superficie tan repentinamente que mi visión cambia. Parpadeo rápidamente, reprimiéndolo.

¡Joder! Deja de pensar en embestirla.

Dejar de pensar. Vale.

Tal vez debería entrar en el dormitorio y masturbarme, solo para quitarme la presión. Mi polla se retuerce en los vaqueros muy a favor de esa idea, pero la cabaña es tan silenciosa que probablemente me escucharía.

Cielos, ¿por qué no tengo un televisor? ¿Radio? ¿Algo para poner una distancia cómoda entre esta humana y yo?

Capítulo Seis

iranda
La mayor parte de la mañana, Caleb dormita detrás de un ejemplar de *National Geographic* con osos pardos en la portada. No se mueve del sofá hasta la hora del almuerzo, cuando prepara bocadillos de pavo que sirve junto con un tazón de frutos secos.

Ayudo a limpiar la cocina, luego me siento y catalogo las pocas muestras de anillos de árboles que tomé. Cuando termino, escribo notas en mi tableta para la investigación, luego paso unas horas editando una propuesta que también guardé en el dispositivo. No hay conexión a Internet y mi teléfono no funciona, por lo que no puedo revisar los correos electrónicos ni mantener ninguna correspondencia oficial.

Cuando he agotado todo el trabajo que puedo hacer sin mi portátil, apago la tableta.

—Bueno, no tengo cosas que hacer —anuncio, a pesar de que Caleb no está en la conversación—. No puedo creer que no tengas ningún juego. Una baraja de cartas. Un rompecabezas. Algo. Cualquier cosa.

Voy a la ventana y presiono la cara contra el cristal. A

pesar de que casi morí de frío ayer, la nieve me parece preciosa.

—¿Tienes un juego de trivia? —pregunto con esperanza, aunque ya sé la respuesta—. Es mi favorito. —balbuceo, pero el silencio me afecta—. Mi último novio odiaba jugar conmigo porque siempre ganaba. ¿Alguna vez has jugado?

—No.

—Mi ex decía que era una pérdida de tiempo aprender todos esos datos inútiles, pero creo que solo era un mal perdedor. —Me alejo de la ventana y vuelvo a pasearme por el piso. La cabaña, curiosamente, está desprovista de casi cualquier cosa personal, aunque es bastante cómoda. Hay alfombras en el suelo y las paredes están pintadas de bonitos colores: verde manzana y amarillo alegre. La decoración realmente no parece la de un montañés gruñón.

Excepto que en otros aspectos se parece mucho a él, como los armarios a medida que podrían haber sido tallados a mano. O una hermosa pieza de madera pulida convertida en una mesita de café. ¿Los hizo él? Parece un hombre que trabaja con las manos.

Las observo. Manos muy grandes y callosas.

Me estremezco al recordar que esas manos me desnudaron, me ayudaron a entrar gentilmente en una bañera de agua tibia anoche. ¿Qué se sentiría ser acariciada por esas manos? O... sujetada. Manoseada. Follada bruscamente. Sí, no por las manos, sino por el hombre. Guau. No puedo creer que esté teniendo estos pensamientos.

"En los hábitos de apareamiento de la especie humana, el macho se acicala y flexiona sus músculos. Él alimenta y cuida a la hembra, demostrando que será un compañero adecuado con la capacidad de mantener a sus crías. La hembra finge no darse cuenta, pero es solo cuestión de tiempo antes de que encuentre una excusa para rozar su gran y floreciente polla. La danza de apareamiento resultante implica fornicación en el sofá, en el suelo, en la mesa de la cocina..."

¡Joder! Mi falso documental se está convirtiendo en una porno: *Fiebre sexual en la cabaña*. "Investigadora inocente rescatada por un montañés le muestra su gratitud". Me excitaría totalmente. Especialmente si Caleb fuera el protagonista.

Me paso una mano por la cara caliente. Tal vez congelarme y casi morir en el bosque me aumente los niveles hormonales en proporciones épicas.

Caleb me fulmina con la mirada desde su silla. Oso me observa sin moverse de su posición desplomada en el suelo, cerca de los pies de Caleb. Es extraño cómo mi perro parece pensar que Caleb es su amo ahora. Supongo que el perro también es un maldito sexista, prefiriendo al hombre de la habitación. Un traidor.

—Vamos. —Doy una palmada—. Juguemos un juego.

—No.

—¿Verdad o reto?

—Paso.

—Por favor —le suplico—. ¿Qué más vamos a hacer?

Caleb murmura algo que suena sospechosamente como:

—Pensé que una científica sería más callada.

Arrugo mi nariz hacia él.

—Podemos jugar a algo o puedo contarte más sobre mi investigación.

—No.

—Mi proyecto actual trata sobre el efecto del cambio climático en la población de árboles de Nuevo México. Me baso en muestras de pinos ponderosa para ver lo que ha sucedido en los últimos cien años o más.

Caleb resopla.

Sé que no está realmente interesado, pero como me incitó con ese resoplido más calmo, no puedo evitar devolvérselo. Me acomodo para explicar los detalles de mi investigación financiada por una subvención.

—Básicamente, he trazado un área cerca de la cabaña de la investigación, y ahora tengo que tomar una muestra de cada árbol dentro de la parcela. Comencé el otoño pasado, pero la parcela no resultó lo bastante grande, así que estoy de vuelta aquí para reunir un tamaño de muestra mayor.

Los sensuales labios de Caleb se tensan, pero no aparta la mirada. Me mira fijamente con una intensidad animal desconcertante.

De todos modos, sigo adelante.

—Mi investigación preliminar muestra un efecto significativo en los árboles. Cuando adjunte esto a mi investigación del pino carrasco, debería tener argumentos de peso. Especialmente con el pino carrasco. Es una especie clave en Colorado y Wyoming. Su declive tiene un efecto directo en la vida silvestre, especialmente en los osos pardos, que dependen de sus piñones para comer.

Por alguna razón, Caleb parece encontrarlo interesante. Ladea la cabeza y abre la boca como si fuera a decirme algo, pero entonces su barba se agita junto con su cabeza como si cambiara de opinión.

—Entonces, ¿qué te hicieron esos hombres?

—¿Qué? ¿Qué hombres? —Miro alrededor de la habitación como para ver a los hombres imaginarios.

—Los que mencionaste antes. Los que te tratan como a un felpudo. —Frunce el ceño cuando lo dice y sus puños se aprietan. Si el doctor Alogore o una de las brigadas de Dockers estuviera aquí, se verían pálidos y fofos al lado de la perfección física de Caleb. Me complace perversamente esto.

—No importa —agito una mano—. No son importantes. Me equivoqué, de todos modos, al meterte en la misma bolsa que ellos.

—¿Te han hecho daño?

—¿Qué? —Mis ojos se abren de par en par al ver la tensión de sus musculosos brazos. Es impresionante, de verdad. Nunca antes había conocido a un hombre como él. Tan robusto y tosco, pero nada cruel. Y claramente molesto por cualquier injusticia que se me haya hecho.

Vaya.

—No. Para nada. Bueno, a menos que cuentes la angustia emocional y profesional. Son solo... machistas. Y nada respetuosos. Me tratan como un bonito pedazo de carne. O como su asistente personal de investigación. O peor, una secretaria.

Sus fosas nasales aletean.

—¿Te tocan sin tu consentimiento? —gruñe. Se me eriza el vello de la nuca, mis pezones también se endurecen. Hay algo en este robusto montañés cuando dice la palabra *consentimiento*. Oh, es sexy. Me estremezco.

—No, nada de eso. —Tiro mi cabello hacia atrás—. Es solo que no respetan mis contribuciones. Mi cerebro solo es útil como apoyo para sus proyectos. No valoran mi investigación. Nunca me invitan a tomar la iniciativa en nada, solo a hacer todo el trabajo duro, escribir las propuestas y los trabajos de investigación, luego ponen sus nombres en las publicaciones por encima del mío.

Caleb murmura algo.

—¿Qué has dicho? —Me llevo una mano a la oreja, dispuesta a regañarle por algún comentario sexista.

Se aclara la garganta.

—Entonces son idiotas. —Me mira directamente a los ojos.

Trago saliva.

—Cualquier tipo tendría suerte de tenerte en su equipo. Claramente eres una científica trabajadora y motivada que sabe lo que hace.

Bueno, es amable.

—Gracias...

—Pero debe ser difícil para ellos ignorar que eres agradable a la vista.

Ahora falla. Pongo los ojos en blanco hacia él.

—Verdad o reto.

Niega con la la cabeza.

—Acabo de contar la mía. Es la verdad. Tu turno.

Se queja y prosigo:

—Tu verdad. ¿Por qué estás aquí solo?

—No es asunto tuyo —gruñe y levanta su silla, la gira hacia la chimenea y la deja caer con un ruido sordo. Oso hace un pequeño gemido.

—Bien, entonces. —Retomo el ritmo.

El aburrimiento se extiende. No soporto no estar ocupada, no trabajar, especialmente a media tarde. Por lo general, trabajo hasta que no puedo pensar más y luego caigo con muerte cerebral a ver *The Bachelor* o *The Voice*. De hecho, tengo algunos episodios de *The Bachelor* guardados en mi tableta, pero si voy a estar aquí todo el día, tal vez más, creo que debería guardarlos para más tarde. Para esta noche, cuando esté lista para acostarme y necesite relajarme.

Caleb ni siquiera tiene televisión. Y no parece importarle no hacer nada. En serio no le entiendo.

—¿De qué trabajas? —le pregunto—. ¿Cuando no está nevando?

—Construcción. Equipo de carretera. Reviso el trabajo.

Levanto una ceja.

—¿En invierno?

La comisura de su boca se frunce en una sonrisa ladeada.

—Mujer inteligente. No, no en invierno. Por lo general, descanso en invierno. Pero el mes pasado tuve una pelea por dinero en una jaula.

Abro los ojos de par en par, fácilmente se me viene a la cabeza su imagen con el torso desnudo, los puños en alto. Odio el boxeo, nunca veo ninguna forma de pelea, pero por alguna razón su comentario me excita. Todas mis partes femeninas se activan, mis pezones se endurecen más, el clítoris zumba.

"La exhibición de dominio de un macho en su mejor momento nunca deja de atraer a las hembras de la especie, sin importar cuán refinadas sean..."

De verdad. Debo de padecer secuelas de la hipotermia. Nunca me excito. Menos con un He-man como Caleb.

—Apuesto a que das buenas palizas —reflexiono más para mí que para él.

Levanta las cejas como si le hubiese sorprendido, luego se encoge de hombros.

—La última la perdí y fue una gran decepción para mí, aunque me traje las ganancias. Ni siquiera pude pelear.

Arrastro mi labio inferior entre los dientes. Juro que siento su testosterona llegando a mi cuerpo como una ola cálida.

¿Qué me hizo pensar que odiaba a los hombres?

Este hace que todas esas cualidades que normalmente odio parezcan admirables.

Para distraerme de desnudarlo en mi mente, me levanto y busco algo en la cocina sintiéndome como en casa.

—¿Sabes qué se me antoja?

Caleb gruñe.

—Chocolate caliente. ¿Tienes chocolate caliente? —Rebusco en los armarios.

—¿Qué crees? —Caleb suena disgustado.

—No tiene por qué ser la mezcla. Puedo usar cualquier barra de chocolate... derretirlo o algo así. —Agarro una botella sin marcar—. ¿Qué es esto?

—Nada.

Agito la botella y se derrama.

—No suena como nada. —Saco el corcho y huelo. El alcohol de grano puro me corta la nariz y chisporroteo—. Vaya, hola. —Toso—. ¿Qué es esto con mil de graduación etílica?

—Nada. —Caleb está a mi lado, alcanzando la botella. Ni siquiera le vi moverse—. Vuelve a guardarla. Es más fuerte de lo que puedes imaginar.

—No. —Escondo la botella detrás de mi espalda, contenta de haberle sacado de su silla. Me encierra contra los armarios—. Ahora es mía.

—Te lo advierto. Es demasiado fuerte para una huma..., quiero decir, mujer.

—¿Ibas a decir *humana*? —Me río—. Quien la encuentra se lo queda.

—¿Qué vas a hacer, beberla? —Cruza los brazos frente a su pecho, haciendo que sus bíceps se abulten maravillosamente.

—Tal vez lo haga. —Saco la botella de detrás de mi espalda y la miro. Es un poco intimidante el envase marrón. Olfateo el borde. Huele un poco a trementina. Tal vez no sea realmente bebible.

Caleb se cierne sobre mí. Ocupa todo el espacio y a mi cuerpo parece encantarle.

Pongo mi lengua en el borde la botella.

—No lo harías —dice.

Ahora tengo algo que demostrarle.

—Hasta el fondo. —Tomo un trago.

Lo siguiente que sé es que me doblo con un jadeo mientras el fuego líquido me acaricia las entrañas.

—¡Miranda! —grita, y me golpea la espalda. Siento un pozo humeante donde solía estar mi estómago. Es la primera vez que dice mi nombre y me gusta cómo suena. Especialmente con esa nota de preocupación.

—Joder —Toso con los ojos llorosos—. Eso realmente limpia las cañerías.

—Pensé que ibas a tomar un sorbo, no a beberte la mitad de la maldita botella.

Para evitar que la botella se me cayera de las manos, la coloca en la encimera con un ruido sordo.

—Tu turno —le digo.

—De ninguna manera. —Me empuja a una silla.

—Tú eres el que quería la botella de vuelta. Te reto.

—No.

Señalo la botella.

—Cobarde.

Sus ojos se entrecierran. Interiormente, canto de alegría. No sé qué me posee para acosar a este tipo, pero ahora que estoy segura de que en realidad es un caballero, me encanta incitarle.

"La hembra prueba al macho en una forma de coqueteo para asegurarse que es digno..."

Gruñendo en voz baja, Caleb se acerca a la encimera, agarra la botella por el cuello y bebe un trago. Le observo esperando señales de angustia. Nada. *Absolutamente nada*. No hay tos ni contracción ocular. Es rudo.

Mientras tanto, el alcohol no solo me llega al torrente sanguíneo, sino que se expande como fuego por todas y cada una de mis extremidades. Levanto un puño en el aire y grito.

—¡Verdad o reto!

Caleb se sienta frente a mí, con el puño apretado en la botella.

—Oh, no. Es tu turno.

—Vale. —Cuando me relamo los labios, su mirada se dirige a mi boca. Maldita sea, tengo que cortar este tic—. Um... verdad. —No creo que pueda aceptar un reto todavía, especialmente si se trata de beber aguarrás con sabor a trementina.

—¿Dónde está tu hombre?

—¿Qué? —Mi boca se mueve lentamente ahora. De hecho, tengo toda la cara un poco entumecida. Me palmeo los labios hasta que me doy cuenta de lo que estoy haciendo —. ¿De qué hombre estás hablando?

—El hombre al que voy a patearle el culo por dejarte venir aquí sola y sin escolta.

Mi frente se arruga mientras trato de averiguar a quién se refiere.

—Hombre al que le vas a patear... ¿Te refieres a mi jefe?

—No, pero tampoco me gusta. —Su gruñido sacude la mesa.

El doctor Alogore está definitivamente en su lista. El aterrador montañés es intimidante. Definitivamente no me gustaría estar del lado de sus enemigos. Quiero decir, prefiero coquetearle. Oh, Dios, ¿estoy coqueteando?

¡Nunca coqueteo!

—Me refiero a tu hombre. No me digas que una mujer como tú no tiene un hombre. —Por la forma en que me recorre el cuerpo con la mirada, las cosas de repente se aclaran.

—Vale, vale, vale. —Agito las manos. Maldita sea, ¿hace

tanto calor aquí? Me desabotono un par de botones de la camisa de franela—. Um. —Me vuelvo a centrar en Caleb—. Esas son muchas suposiciones que haces, amigo. En primer lugar, no tengo un hombre. No es un requisito para una mujer como yo o cualquier persona estar unida a alguien con pene. No me "tiene"... cualquiera. Nunca.

Sus ojos se oscurecen.

—¿Estás diciendo que eres virgen?

—¿Qué? —Suelto un resoplido fuerte muy poco femenino. La camisa se me abre y la cierro—. No. Yo defi... definitivamente ... —Hablo despacio y enuncio—: He tenido sexo. Simplemente no tengo novio. Son una pérdida de tiempo y de neuronas. Quieren a alguien donde meter las pollas y les haga sentir bien consigo mismos, y no dan nada a cambio. Los hombres solamente toman y no dan. No tengo la energía para eso. Tengo un trabajo importante que hacer. Árboles que... analizar.

Caleb gruñe y toma otro trago de la botella. Mis ojos se fijan en el licor. Agito una mano.

—Dame eso.

No la abandona, pero me la acerca a la boca y deja gotear un poco.

—¡Oye! —Me limpio la boca, saboreando el entumecimiento en mi lengua—. No es suficiente.

—Creo que has bebido mucho, cariño.

—No me llames así. —Me estremezco—. El doctor Alogore me dice así. Me da ganas de vomitar.

—Tal vez deberías hacer que tu hombre hable con él. —Caleb parece que quiere apuñalarle.

—No tengo un hombre. Me valgo por mí misma. —Chasqueo los labios, tratando de tener sensibilidad, y lo intento de nuevo—. Puedo cuidar de mí.

—Hmm —dice Caleb contra el borde de la botella.

—¿Qué quieres decir con *hmm*? Dijiste eso muy ... —Le miro de reojo.

—Quiero decir que necesitas un hombre.

—Por favor. —Golpeo la mesa con la mano—. No necesito a un hombre ni a nadie.

—Quiero decir... Deberías tener un hombre. Una mujer como tú...

Levanto una ceja.

—Hermosa —dice y el mundo se vuelve rosa. *La vie en rose*. Pensé que era solo una canción.

"La excitación imita la intoxicación y viceversa. Combinar las dos puede ser peligroso..."

—Gracias.

—Tienes que comer más —dice Caleb, acusando. Se aleja de la mesa y hurga en el gabinete. Vuelve con una barra de chocolate.

—Enhorabuena. —La tomo con ambas manos—. Te quiero. —El entumecimiento se ha trasladado a otra parte, probablemente para aterrorizar mi hígado. Comer es justo lo que necesito.

Caleb se deja caer en el asiento frente a mí luciendo complacido. Ni siquiera parpadea cuando arranco el envoltorio y me meto el chocolate en la boca con ambas manos. Ingiero como una ardilla que se prepara para el invierno y le miro con ambas mejillas llenas.

—Serías un novio encantador.

—No —murmura, y estoy felizmente de acuerdo.

—No, tienes razón. Eres muy gruñón. Pero salvarme la vida, prepararme el desayuno, darme chocolate... —Le pongo un pulgar hacia arriba—. ¿Te he dado las gracias, por cierto?

—Sí.

Me limpio la boca y lo repito.

—Gracias por salvarme la vida.

—No hay problema.

—Y por llamarme *hermosa*.

Su mirada me fulmina, se encuentra con la mía y me quedo atónita. Una onda de choque atraviesa mi cuerpo, una onda expansiva de deseo. La sala, la nieve fuera: todo sigue igual. Y todo es diferente.

—Um, eso fue amable de tu parte —susurro.

—No es nada —dice mirando la mesa.

Termino mi chocolate.

—Lo siento, debería haber dejado algo para ti.

—Está bien. —Tiene una mirada extraña en el rostro—. Puedes compensarme. Tu turno. Verdad.

—¿Yo? ¿Es mi turno? Espera, no es así como funciona. Puedo elegir.

—Verdad —insiste—. ¿Por qué no tienes un hombre?

—¿Te refieres a un novio?

—Me refiero a un hombre —enfatiza con firmeza.

—¿Por qué no lo tengo? —respondo con una pregunta. Sacude la cabeza. Suspiro. Le debo una por la barra de chocolate—. ¿Verdad? No me gusta el sexo.

—¿Qué? —Se queda perplejo.

—Dije que no me gusta el sexo. —Levanto la barbilla—. Está completamente sobrevalorado.

—¿Sobrevalorado?

—Sí, ya sabes —agito la mano. Tendré que explayarme —. Todo el cortejo, todas las canciones de amor, y lo que escriben en las novelas románticas. Nada es verdad. El sexo es caótico, a veces es francamente asqueroso. Y solo dura unos minutos.

—¿Unos minutos? —repite Caleb incrédulo.

—Sí. —Me pongo a la defensiva—. No me digas que tardas más. Cada hombre piensa que es el regalo de Dios para las mujeres y... Bueno, es simplemente decepcionante.

Jugueteo con el envoltorio del chocolate. El calor de Caleb... la emoción o la vibra que emana de él me llega surcando la distancia que hay entre nosotros.

Cuando deja la botella con un golpe seco, doy un respingo. Su silla se desliza hacia atrás, luego bordea de la mesa, planta una mano frente a mí y otra en el respaldo de mi silla y se inclina cerca.

—¿Me estás diciendo —sus ojos recorren mi cara de arriba abajo— que una mujer como tú, con ese cuerpo de puta madre... nunca ha conocido el placer de un hombre?

Caleb, el montañés, no se anda con rodeos. Mi coño palpita con contracciones. El calor me recorre la piel.

—Um...

Pone una gran mano en mi clavícula, su pulgar encuentra mi pulso y acaricia ligeramente. Santo cielo, mi cuerpo cobra vida. Un coro de ángeles canta, y apenas me toca.

—Un cuerpo como este fue hecho para ser desnudado. Acariciado por todas partes. —Su voz se filtra en lugares secretos. Por lo general, odio, detesto, verme reducida a un par de tetas gigantes. La cosificación de las mujeres me vuelve loca. No obstante, mi cuerpo le responde a cada una de sus palabras. Sus ojos se encuentran con los míos con el impacto de una pistola paralizante. La luz les da en un ángulo extraño, haciéndolos parecer amarillos en lugar de marrones— ...Adorado. Me tomaría tanto tiempo... —Su mano se posa en la parte posterior de mi cuello, masajeando. Me derrito. Diez segundos, y parezco mantequilla en una plancha caliente—. Innumerables orgasmos —murmura—. Placer sin fin. El hecho de que no hayas conocido a un hombre que te dé todo eso, nena... Es un crimen contra la humanidad.

Abro la boca pero no puedo emitir ningún sonido.

—Lo primero que haría, doctora Miranda —me mira fijamente los labios—, es tomar esa boca. Esa boca contestaria e inteligente. Te besaría hasta que no pudieras quedarte quieta. Luego te pondría los brazos por encima de la cabeza, te sostendría y te besaría un poco más. —Inhala profundamente, como si no pudiera saciarse de mi aroma. Sus ojos me recorren con la misma intensidad que cualquier caricia. Los hormigueos comienzan en mis senos y se expanden—. Entonces te desnudaría, lentamente. Te besaría un poco más. Averiguaría dónde tocar. Lo que te hace suspirar. Te probaría —traga saliva y yo inhalo un poco de aire— por todas partes. Por todas partes. —repite y su voz se pone más grave. Las ondas se extienden por mi cuerpo, hundiéndome—. Y luego...

Una larga pausa.

—¿Y entonces? —incito.

Él suspira. Me inclino y se pone tenso.

—No —dice.

—¿No?

—Es una mala idea. —Se retira.

Me quedo con la boca abierta.

—No deberíamos. No debería ... —Se frota la cara con la mano—. Olvídate de lo que dije.

—¿Qué? —Estoy de pie—. No puedes simplemente... ¡Decirme todas esas cosas y luego retroceder!

—Miranda... —La confusión revolotea sobre su rostro.

—¿Innumerables orgasmos? ¿Placer sin fin? —Agito los brazos—. ¿Probarme por todas partes? No puedes decirle esas cosas a una... una... mujer en abstinencia sexual y luego dejarla colgada.

Me mira fijamente con dolor en sus ojos, reflejando los míos.

Respiro hondo y digo la cosa más escandalosa que he dicho, y mucho menos pensado.

—Tienes que demostrarme lo que has dicho.

—No.

—¡Caleb! ¿Por favor? —Hago un gesto hacia el dormitorio.

Entrecierra los ojos hacia mí.

—Es una mala idea.

Me levanto haciendo volar mi silla. Ignorando el choque detrás de mí, golpeo una mano sobre la mesa.

—¿Sabes lo que pienso? Todas son palabras vacías.

—¿Disculpa? —gruñe.

—Así es. Me escuchaste. Tienes miedo de no estar a la altura.

—No tengo miedo. —Arremete hacia mí de nuevo, el gran hombre musculoso. Ya le voy pillando.

—Sí lo tienes. —Hincho el pecho para apuntarle con los pezones. Las rodillas me tambalean pero me mantengo firme—. Estás aquí arriba, escondiéndote del mundo, como una gran gallina.

—Miranda...

—Coc, coc, coc, coc —hago mi mejor imitación de gallina. Es una imitación fabulosa, muy auténtica.

—Miranda...

—¡Cua! ¡Cua! —Bailo como una gallina delante de él. No es la forma más sexy de demostrarle mi excitación, pero a juzgar por la forma en que se le tensan los vaqueros y se le pone colorado el cuello, funciona. Agito los brazos y muevo la cabeza.

"La llamada de apareamiento de la doctora en Ecología. La hembra se acerca al robusto macho y sacude su plumaje".

Se queda atónito.

Cuando echo una mirada hacia abajo, me doy cuenta de que la camisa de franela que me ha prestado se me ha abierto de nuevo y le estoy dando a Caleb destellos de mis pechos una y otra vez.

—¡Uy! —Estoy por a abotonarme la camisa cuando una mano me agarra la muñeca.

—No te molestes —dice respirando con dificultad.

—¿Qué? —Me tuerce el brazo por detrás de mi espalda, poniéndome contra su cuerpo, su cuerpo duro como una roca, muy excitado.

—Tú te lo has buscado —dice un segundo antes de bajar la cabeza y reclamar mi boca.

* * *

Caleb

No puedo contenerme. A la voluptuosa científica le espera una larga y dura follada, y alguien tiene que dársela. Necesita saber que no todos los hombres son iguales. Que el sexo debería sentirse bien. Que tiene un cuerpo hecho para el placer.

El aroma de su excitación me embriaga más de lo que mi licor la intoxicó a ella. Inclino los labios sobre su boca, tomándola. Poseyéndola. Mi lengua recorre sus labios, saboreando el alcohol y el chocolate en su aliento.

Basta. Basta ya.

Está ebria.

Te estás aprovechando.

La razón intenta filtrarse, pero mi oso no la tiene. Me clava las garras a flor de piel y mis dientes se alargan.

Demonios. ¿En serio? ¿El oso quiere darle una mordida de apareamiento? Mi oso está jodidamente loco.

Me obligo a romper el beso y dar un paso atrás.

—Doctora, has bebido demasiado para tomar buenas decisiones.

Retuerce la tela de mi camisa en sus puños y tira de mis labios hacia los suyos de nuevo. Me rindo por un momento, probándola, devorándola.

Y los dientes se alargan de nuevo.

Joder. No tengo control. Retrocedo. Y entonces, como no tengo la habilidad para discutir verbalmente con ella, me la echo al hombro y la llevo a la habitación de invitados.

La habitación de Gretchen. Eso tranquiliza a mi oso.

La tumbo en la cama y vuelvo a la puerta para eliminar el impulso de cernirme sobre ella.

—Duerme una siesta, doctora. Duerme. Ven a verme cuando estés sobria, si todavía quieres una lección sobre lo que un hombre de verdad puede hacer. —La incito como un idiota, tal vez esperando que se desanime tanto por mi arrogancia que mantendrá distancia.

Mi polla se tensa en los vaqueros con este plan de dejarla en la cama sola.

Miranda me mira fijamente con esos ojos verdes. Inocencia mezclada con inteligencia. Embriaguez con deseo.

Doy otro paso atrás. Necesito llegar a algún lugar donde pueda respirar. Un sitio donde pueda recluir a mi oso.

—Eres un imbécil condescendiente.

Sonrío porque me gusta cuando me la devuelve. Me gusta su resistencia, su descaro.

—No soy condescendiente, solo un imbécil. Y estás borracha. Duerme.

Cierro la puerta con firmeza, como si fuera una niña

descarriada que envié a la cama. Tal vez sea condescendiente.

Le doy a mi polla un apretón brutal por encima de los vaqueros y rechino los dientes.

Esta hembra será mi muerte.

Ni siquiera sé lo que estaba pensando ofreciéndome a tener relaciones sexuales con ella. Ni siquiera puedo culpar al oso. Fui todo yo.

Sin embargo, haber descubierto que nunca ha conocido el placer, simplemente me pareció una maldita parodia y el caballero que hay en mí tuvo que ofrecerse para corregir ese error. Juro que fue un acto de servicio comunitario, no de interés propio.

Oh, a la mierda, ¿a quién engaño? He querido follar a esta mujer desde el momento en que la vi por primera vez subir la montaña.

Hay algo en ella. La determinación feroz. El vínculo con su perro. La forma en que miró a mi oso como si fuera un unicornio. Y eso fue antes de verla desnuda. Ahora no puedo dejar de pensar en sus exuberantes y hermosos senos. En su figura de reloj de arena, en las caderas de diosa fértil, hechas para que me agarre mientras la follo con ferocidad.

Pero no puedo tener una relación. No tengo planes de reemplazar a Jen como mi compañera, especialmente menos con una humana. Así que he mantenido mis manos lejos de ella.

Entonces tuvo que venir a decirme que odia el sexo; y ahora no voy a poder dejar de pensar en solucionarle ese problema.

Pero si apareciera sobria y todavía quisiera bailar el tango, lo cual dudo, ni siquiera creo que sea capaz de follarla sin perder el control.

Tengo que encerrar al oso. Y si no puedo, será mejor que

me vaya de esta cabaña, porque si cometo un error, si pierdo el control, las consecuencias serán demasiado graves. No tendré más remedio que entregarme a la manada de Tucson y pedirle a Garrett que acabe conmigo para siempre.

* * *

Sujeto de prueba 849

—Es hora de tus pruebas —le canto a la hembra en la jaula.

—No. —Se acurruca contra la parte trasera con su sucio sujetador y bragas, el mismo par que ha estado usando durante meses. Abro la puerta, meto la mano y le disparo con un relajante muscular para que no pueda luchar conmigo antes de sacarla.

No es que sea una gran amenaza a mi fuerza sobrehumana, pero nunca se es demasiado precavido.

La ato a una camilla y le extraigo sangre para mezclar con el suero antes de inyectársela de nuevo. Le abofeteo las mejillas, observando sus pupilas en busca de cambios a medida que el suero surte efecto.

Solo unos pocos sujetos de prueba más y obtendremos la fórmula correcta. Desbloquearemos el ADN de todos los cambiantes.

Las pruebas sobre las habilidades de curación no han sido concluyentes. Todos los cortes y moratones que les he infligido sanan a un ritmo normal, humano.

Necesito más datos. Un tamaño de muestra más grande.

Si tan solo hubiera podido traer a la metamorfa osa y a su hija, tendría todo lo que necesito. Podría haber reelaborado mi propio ADN. Posiblemente tener mi propia descendencia metamorfa. Pero ella se transformó en su animal y me atacó; la maté antes de que pudiera tomar el control.

Mi propia respuesta de miedo y dolor se desencadena demasiado rápido.

Debe haber un equilibrio más satisfactorio. Uno con más control. Con el ADN que falta en la secuencia para una transformación completa.

—Por favor —suplica la mujer, pero no puede moverse.

La abofeteo de todos modos. Tiene que aprender a ser más complaciente con mis pruebas. Como cuando me pusieron a prueba.

La única forma en que será recompensada con el ADN actualizado es si cumple.

La abofeteo de nuevo, solo porque me satisface en algún nivel.

—Tranquila. Tu trabajo es permanecer callada, dejar que tu sangre asimile el suero. Luego probaremos tus umbrales de dolor.

Me vuelvo hacia la hembra atada a su lado.

—Tu turno —le digo, riéndome ante el olor acre del miedo que emana.

Capítulo Siete

Miranda
Cuando Caleb me dejó en la cama con el cuerpo en llamas y la confianza alterada, quise tirarle con algo. Pero resulta que tenía razón. Estaba ebria. Y la siesta me ayudó.

Me despierto un par de horas más tarde con la cabeza mucho más clara. Entonces temo salir de la habitación porque no puedo decidir si debo sentirme avergonzada, enfadada o agradecida. Bueno, no hay decisión, realmente. Son las tres.

Me alivia saber que Caleb es tan caballero como sospechaba. Rudo, gruñón, pero un caballero de pura cepa.

Me regodeo en ese pensamiento mientras salgo y le encuentro en la cocina, sacando una gigantesca trucha arco iris del horno.

—Mmm, eso huele increíble.

Él gruñe pero no se da la vuelta.

—¿La pescaste tú mismo?

—Sí. —Todavía no me ha mirado. Lleva el pescado a la

mesa y lo pone en un trébedes. Solo entonces se da vuelta y agita una mano hacia una de las sillas—. Ven y come.

—Gracias. —Soy muy consciente de que mis pezones sobresalen de la camisa de franela. Oh, demonios, ¿por qué se abre? El recuerdo de desabotonarla más allá de mi esternón regresa junto con una oleada de calor. Busco a tientas los botones, pero la forma en que mira mis dedos solo hace que me ruborice más.

Me pregunto si mi ropa sigue en la secadora. Un sujetador seguramente sería apropiado.

Me hundo en la silla de la mesa para ocultar la vergüenza y recojo el tenedor. Espera. ¿Puso la mesa?

De repente me siento absurdamente contenta de que se haya esforzado por cocinar y poner la mesa. "En un intento de impresionar a su hembra elegida, el macho abraza actos de domesticidad". Bueno, tal vez no intenta impresionarme. Si hubiera copas de vino, estaría segura de que pretende cortejarme, pero no las hay. Probablemente ha tenido suficiente de Miranda la ebria.

Se sienta frente a mí y sirve el pescado junto con papas al horno y me mira como una criatura que no entiende completamente, una que podría decir o hacer algo escandaloso en cualquier momento.

Decido sorprenderle.

—Entonces, ¿cuándo me vas a mostrar lo que un hombre de verdad puede hacer?

Se queda quieto con el tenedor a medio camino de la boca y los labios abiertos. Saboreo su sorpresa.

"Frente a una hembra que hace el primer movimiento, el macho reevalúa su estrategia".

El silencio se prolonga y resisto el impulso de retorcerme. A la mayoría de los hombres no les gusta que las mujeres los acorralen porque están muy acostumbrados a que sea al revés. Piensan que si una mujer los desea, debe andar algo mal en ella. O les quita la emoción de la caza. Esperaba que Caleb fuera más evolucionado, pero tal vez le interpreté mal. Su cuerpo definitivamente grita *macho*.

Después de un largo momento, se encoge de hombros y dice:

—Bueno, *estás* aquí con fines de investigación. —Toma un bocado de comida. ¿Hay un brillo juguetón en sus ojos?

—Correcto. Estrictamente investigación —estoy de acuerdo—. Estudios científicos.

Un fantasma de una sonrisa juega alrededor de sus labios.

—Todavía tenemos toda la noche para matar.

—Correcto. Y ya hemos jugado a la verdad o desafío.

Su estruendosa carcajada me sobresalta. Juro que hasta él mismo se sorprende, porque la corta de inmediato y parpadea como si estuviera desconcertado de que tal sonido saliera de él. De repente me coge por sorpresa lo agradable que es.

¿Qué hace que un hombre naturalmente encantador, con un cuerpo de imán para mujeres, se vuelva tan amargado y se esconda en una cabaña en medio de la nada?

¿De qué se escapa?

Oso mira desde la alfombra frente al fuego donde ha quedado echado y mueve la cola.

—¿Te sientes solo aquí, Caleb? —pregunto amablemente, bajando los ojos a mi plato para quitarle intensidad a la cuestión.

—No lo sé. —Una vez más, suena casi sorprendido por su respuesta—. Mayormente hiberno. Quiero decir, es como si me apagara. Tú me estás obligando a volver a encenderme. Probablemente se sentirá extraño cuando te vayas.

Mi mirada se dispara para encontrarse con la suya y se

enreda allí. Me siento arrastrada por la profundidad de la confusión, el dolor que encuentro en sus ojos marrones oscuros. Y entonces me queda claro: Caleb, el gruñón y amable montañés se siente tremendamente solo.

Siento compasión por él, especialmente porque también conozco la soledad, pero no permito que ninguna conmiseración se muestre en mi rostro. Es demasiado macho alfa para admitirlo. Quiero preguntarle qué le pasó, porque estoy segura de que algo pasó, pero no es el momento oportuno. Si realmente quiero que este hombre me enseñe lo que es el buen sexo, entonces no puedo seguir aguándole la fiesta.

Se levanta y retira nuestros platos. Recojo el resto de lo que queda sobre la mesa, observando la amplia extensión de sus hombros mientras se para en el fregadero. Es tan singular y espectacular como cualquier maravilla natural de aquí. Una de las joyas de la montaña.

Sonrío para mis adentros pensando en catalogarlo científicamente. *Homo sapiens squalentum*. Sí, eso encaja. *Hombre robusto.*

—Voy a tomar una ducha —dice, caminando hacia el baño sin mirarme. Pero luego, cuando llega a la puerta, se da la vuelta y me mira.

Me deja clavada en mi lugar en el suelo, hace que mi vientre se agite de excitación y que se me frunzan los pezones. Hay una oscura promesa en esa mirada. *Homo sapiens squalentum.* El malvado, salvaje y robusto hombre, ¿se bañará para mí?

"El aseo es una parte esencial de la danza de apareamiento".

Cuando cierra el grifo, cada célula de mi cuerpo se pone en alerta. Caleb está allí, desnudo, preparándose para seducirme. Esto está sucediendo.

Las hormonas me inundan el cuerpo. Mis ovarios se encienden. Prácticamente puedo sentirlos soltando óvulos en par. *Ve a por ello, chica,* me animan. *¡Ya es hora!*

Ya *es* hora. Espero sinceramente estar a la altura de la jactancia de él.

De alguna manera, tengo la sensación de que lo estaré.

* * *

Caleb

Humana.
    Hembra.
    Humana.
    Hembra.

De pie bajo el rocío del agua, mi cerebro y mi oso dan vueltas y vueltas. Intento recordarle al oso que la deliciosa mujer en mi cabaña es humana y; por lo tanto, frágil, demasiado delicada para todas las cosas que quiero hacerle. Sin embargo, mi oso quiere que se las haga.

Todo lo que ruge el animal es *hembra* con el dominio territorial de un oso en plena competencia. Como si estuviéramos en la temporada de apareamiento de primavera y tuviera que luchar contra todos los demás machos. Es agresivo.

Tiene que bajar el tono o no tendré ninguna delicadeza con la humana. No podré cambiarle la opinión de los hombres y el sexo. Y por alguna razón desconocida, ese objetivo se vuelve cada vez más importante para mí a cada minuto.

Sacudo mi polla con el puño. Será mejor que me desahogue un poco o podría perder el control. Pero no, estoy demasiado impaciente. Demasiado ansioso de la acción real. Puedo manejarla. Tengo la cabeza bien puesta. Mantendré al oso dentro.

Me enjabono, lavo cada grieta, enjuago mi cabello con champú. Incluso considero afeitarme la barba, pero luego descarto esa idea. No me he afeitado desde que Jen y Gretchen murieron. Mi señal al mundo de que soy un ermitaño.

Y aunque el entumecimiento puede haberse descongelado estas últimas veinticuatro horas, aún no estoy listo para regresar a la vida.

No importa cuán atractiva pueda ser esta hermosa pelirroja.

Cierro el grifo y me seco con la toalla, luego me pongo los calzoncillos y los vaqueros. No me molesto en abotonarlo o cerrar la cremallera, ni me pongo una camisa.

Vi la forma en que me miró el pecho y los brazos tatuados esta mañana. Los encuentra atractivos, no importa lo que pueda decir en cuanto a que odia el sexo. Y la quiero preparada. Necesito toda la ayuda que pueda obtener para hacer esto bien.

Un susurro del Caleb medio muerto habla desde el espejo. *¿Qué haces con otra mujer?*

Desvío la mirada. *Nada. Solo responderé a un desafío, es todo.* Un hombre tiene que probarse a sí mismo cuando es desafiado, ¿verdad?

Nada más.

Miranda sabe que no es más que sexo. Para fines de una investigación.

Salgo del vaporoso baño y la encuentro en la puerta trasera. Es ilógico. Sé que no va a ir a ninguna parte —no puede ir a ninguna parte— pero cuando la veo allí, acorto la distancia entre nosotros con tres largas zancadas.

Por supuesto, solo dejó salir a su perro para orinar. El cachorro cubierto de nieve regresa.

Doy una palmada en la puerta y la cierro de golpe, luego con mi otra palma le doy un chasquido en el culo a ella.

Chilla y se da vuelta.

—Estás dejando entrar el aire frío. —Es una estupidez decirlo. Me importaría una mierda si deja entrar aire frío o no: mantuve la cabaña caliente para ella todo el día y el viento frío realmente se siente refrescante. No, se trató más de mantenerla dentro.

Ella es la presa ahora.

Mi presa.

Sus mejillas se ruborizan con un encantador tono rosa.

—Tú, no puedes simplemente abofetear el trasero de una mujer.

—¿No puedo?

—¡No! No sin consentimiento —balbucea—. Eso es..., eso es solo...

Levanto una ceja. Mi oso se ha excitado increíblemente con su bravuconería. Me encanta cuando me la devuelve. Puede que sea humana, pero me incita como una osa. Una cerda cargará a un macho, tal vez lo golpeará con su pata, especialmente si es su primera vez. El jabalí rara vez tomará represalias. Solo espera su momento, sabiendo que la hembra eventualmente se rendirá.

—¡Eso es inaceptable! —termina la frase sin aliento.

Arrincono a la sexy científica contra la secadora sin tocarla. Sostengo las manos a ambos lados de ella, enjaulándola.

—Con que necesito consentimiento, ¿eh? —Sumerjo la cabeza, acerco mis labios a su oreja, todavía sin tocarla en ninguna parte.

—Sí, sí. —Su voz cae a un susurro cercano.

—Dime esto, doctora Miranda —retumbo, respirando su aroma a fresas y helado—. ¿Consentirías que te diera vuelta, te inclinara y abofeteara ese culo unas cuantas veces más para calentarlo?

Emite un leve sonido. Sus grandes ojos verdes miran los míos, sus tersos labios se separan.

—Um ...

—Después, abriría esas piernas y te lamería por detrás. Hasta que grites. Dime, ¿lo aceptas?

Ella traga saliva y mueve la cabeza.

—Supongo que estaría dispuesta a intentarlo.

No puedo evitar que la sonrisa salvaje se me extienda por el rostro.

—Buena chica —murmuro, dejando caer mis manos en su cintura y girándola lentamente hacia la secadora—. No te arrepentirás. Lo prometo. —Mi voz suena más grave de lo habitual.

—Lo primero que tenemos que hacer es deshacernos de esto. —Engancho mis pulgares en la pretina de mis pantalones de chándal que ha estado usando y los deslizo hacia abajo sobre sus anchas caderas. Ella los patea antes de que pueda ponerme en cuclillas para ayudarla. Entro en su espacio, presionando la dura polla en su espalda mientras me acerco a la parte delantera de ella y desabrocho los botones de la franela—. Voy a necesitarte completamente desnuda para esto.

Me echa una mirada por encima del hombro.

—¿Te vas a quitar la ropa?

Le muerdo la oreja y tiro.

—¿Quieres que lo haga?

—Oh, Dios mío —gime—. *Eres* bueno en esto.

Me río. Es la segunda vez que me ha sacado una carcajada. Ya no sabía que fuera capaz de hacerlo.

—¿Dudabas de mí?

—Um... Un poco. No. Bueno... —Le cubro la boca con la mano y la uso para inclinar su cabeza, revelando la delgada columna de su cuello. Arrastro mi boca hacia abajo, deteniéndome para morder la carne donde el cuello se encuentra con el hombro.

—Oh. —La sílaba de sorpresa hace que mi polla se levante dolorosamente en mis vaqueros.

Me encanta su inexperiencia. O su falta de buena experiencia. Significa que todo lo que haga será la primera vez y la embriagadora sensación le lleva calma a mi oso. Puedo hacerlo. No voy a hacerle daño. Definitivamente voy a hacerlo bueno para ella.

Pongo mi otra mano entre sus piernas. Ya sabía por su aroma que se ha excitado, pero el néctar resbaladizo que encuentro allí es aún más copioso de lo que imaginaba. Es celestial. Arrastro el dedo índice lentamente, luego lo llevo a mi boca para probarlo.

—Sabe tan bien, doctora.

—¿Yo...? ¿De verdad? Realmente no puedes pensar eso.

—¿No? —Le doy una ligera palmada en el coño y ella grita—. Realmente me parece. —Tiro de sus caderas hacia atrás y con un pie le separo las piernas—. Ahora levanta ese culo para tus nalgadas.

Me encanta el sonido del aire silbando en sus labios cuando jadea y cumple.

—Tampoco puedo creer esto. —Suelta una risa nerviosa.

Hago resonar un azote.

—Oh, definitivamente es algo que te va a gustar. —Le azoto la otra nalga. Mantengo los azotes ligeros pero firmes. Solo chasqueo lo suficiente para hacer un sonido estrepitoso, no tanto como para que le duela. No me permito olvidar que es una humana delicada. Aunque no se siente delicada bajo mis manos de momento; se siente exuberante y dócil, perfecta para aplicar fuerza.

Enrollo un brazo alrededor de su cintura para estabilizar sus caderas y pararme a su lado.

—Te mereces esto, ya sabes —le digo mientras comienzo con un ritmo lento pero constante de palmadas en su trasero.

—¡N-no, no lo sé! —protesta, con la indignación debilitada por la falta de aliento.

—Oh, desde luego que sí. —Sigo dándole firmes palmadas en la parte inferior de sus nalgas—. Por quedarte atrapada en esa tormenta. Por hacerme dormir desnudo en un saco contigo.

—Te gustó esa parte —acusa entre jadeos.

—Jodida tortura. —Le doy una nalgada más fuerte para castigarla por haberme hecho sufrir.

El gemidito que suelta me dice que siente la misma angustia, así que me arrodillo y le abro el pubis. Su coño brilla como un delicado corazón rosado de Cenicienta, esperando el cortejo.

Doy lo mejor de mí. La provoco en sus pliegues con la punta de la lengua, la penetro con ella, lamo todo el camino hasta el ano y lo bordeo hasta que se estremece y chilla.

—Ca-Caleb —balbucea.

—¿Sí, cariño? ¿Ya te estás divirtiendo?

—Oh, Dios mío, sí. Caleb, ¡oh! —La lujuria le espesa la voz, la aguda necesidad hace que mi oso aflore a la superficie, pero le empujo hacia dentro.

—Date la vuelta —ordeno y agarro su cintura—. Arriba. —Me olvido de ocultar la fuerza del metamorfo, levantándola fácilmente para sentarla en la secadora. Sus ojos se abren de par en par y me doy cuenta de mi error, pero le abro bien las rodillas y la hago olvidar.

La obsequio con mi lengua en un ángulo diferente, atornillando un dedo en ella mientras agito el clítoris.

Solloza de placer agarrándome el cabello, anudando los dedos alrededor de los mechones. Su entusiasmo alimenta mi deseo de complacerla y agrego un segundo dedo, luego los retiro y echo un poco de saliva para introducir mi dedo medio en su culo.

—Espera ... qué... —La sorpresa tiñe sus gemidos. Para entonces estoy dentro. Se estremece y tiembla, el placer anula las protestas. Meto el pulgar en su coño y follo ambos agujeros a la vez, lento al principio, más fuerte después. Más deprisa.

Sus gritos se hacen cada vez más estridentes.

La alarma parpadea en su rostro. Los exuberantes senos rebotan.

—Oh, cielos. Cielos. Por favor. ¡Oh, Caleb!

Entonces llega al clímax y es aún más espectacular de lo que me imaginaba, el éxtasis en su expresión es impresionante.

Sigo follando con los dedos hasta que su coño deja de apretarse, sus muslos paran de contraerse.

Se deja caer sobre sus manos detrás, jadeando.

—Cielos santos.

Intento mantener la presunción lejos de mi cara.

—No está mal, ¿verdad?

Una risa se esboza en sus labios. Retiro los dedos y la bajo de la secadora, con sus piernas a horcajadas en mi cintura.

—Este ha sido solo el precalentamiento.

Entrelaza los dedos en mi cabello.

—Hombre engreído.

* * *

Miranda

Santo montañés. Que me baje de la cara de la luna porque es ahí donde todavía estoy, en un flácido cuerpo de deleite. El placer todavía reverbera en todas partes, pero especialmente entre mis piernas, donde mis partes femeninas se encendieron y bailan el Charleston para celebrar la gloria de mi primer orgasmo decente.

El primero. Ni siquiera he tenido mucha suerte masturbándome, pero Caleb toca mi cuerpo como un músico que le hace el amor a su instrumento.

Me lleva a su dormitorio y me deja caer sobre una gigantesca cama de hierro con cuatro postes.

—Volveré enseguida —murmura, y le escucho correr el lavabo del cuarto de baño, probablemente para lavarse las manos.

Una emoción vertiginosa se apodera de mí cuando me doy cuenta de que podría haber más. Después de todo, aún no le he satisfecho. ¿Querrá una mamada?

En general, es lo que menos me gusta dar, pero por alguna razón, se siente diferente con él; tal vez porque me dio el mejor orgasmo de mi vida.

Cuando regresa al dormitorio, los ojos le brillan intensamente. No son tan oscuros como de costumbre, parecen casi de color ámbar. Emite un gruñido animal cuando se sube a la cama, enganchando sus manos debajo de mis muslos y abriéndome.

Con una larga lamida, se instala entre mis piernas y la lengua vuelve a hacer su magia. Madre mía. ¿En serio? ¿Más cunnilingus? No estoy segura de poder soportar más.

Mi clítoris es tan sensible ahora. Oh, cielos, pero se siente de maravillas.

Me retuerzo en la cama debajo de Caleb; su bigote y barba me rozan la piel en carne viva mientras su lengua pervierte mis zonas femeninas. El calor se reaviva en el núcleo, reverbera en mi cuerpo y me pellizco los pezones —algo que nunca he hecho antes—, entonces me arqueo en la cama con sonidos lascivos que se escapan de mis labios.

—Cariño, suenas tan bien cuando te hago ronronear —retumba la voz de Caleb.

Alcanzo su cabeza y empujo mi coño goteante en su cara, necesitando más. Él se ríe y se aparta, casi lloro por la pérdida. Atrapa mis muñecas, clavándolas en una de sus grandes palmas.

—Doctora, está tan lejos de dirigir este programa.

Mi cerebro se revuelve tratando de descifrar su significado. Me relamo los labios.

—¿Así que eres uno de esos tipos que tiene que estar a cargo? —El murmullo en mi voz anula cualquier desafío que quisiera infundir en mis palabras.

Su sonrisa es malvada. Es astuto. Sube un poco y me sujeta las muñecas por encima de la cabeza.

—Entrelaza los dedos, doctora.

Me encanta que me llame *doctora*.

—¿Por qué?

Pellizca un pezón entre un dedo y el pulgar. Siento el tirón entre las piernas.

—¿Quieres ver qué más puedo hacer?

Sí, prácticamente me tiene como su esclava ahora. Haría cualquier cosa para averiguar qué más me puede hacer. Incluso si es totalmente degradante.

Le miro fijamente. Nunca me he sentido tan vulnerable en mi vida, y sin embargo, también me siento perfectamente segura. Protegida, incluso. Asiento y lentamente entrelazo los dedos.

—Ahora mantén esas manos en tu cabeza, doctora. Si las sueltas, vas a recibir otra nalgada. —El perverso giro de sus labios es muy sexy.

¡Caleb, cabrón pervertido!

Es como un hombre diferente: todo rastro de malhumor ha desaparecido, reemplazado por una oscura seducción.

Enreda sus dedos sobre los míos en la parte superior de mi cabeza y me dobla la cara hacia un lado para exponer mi cuello. Arrastra su boca abierta por la columna de mi cuello hasta el hombro, donde me muerde ligeramente. Entonces su lengua reaparece, arrastrándose a lo largo de la clavícula hasta el hueco de mi garganta, luego entre mis pechos.

Balanceo las caderas contra la nada, cada vez más desesperada por más. Por una liberación. Por todo. Me roza el pezón derecho con los dientes y me estremezco, pero inmediatamente me quita el escozor con la lengua.

Mi cuerpo tiembla, ansioso por más, desesperado por saber qué viene a continuación, pero Caleb se toma su tiempo y pasa al siguiente pezón, chupando, besando, mordisqueando.

Quiero alcanzarle sin ningún plan consciente, solo para participar, conectarme, pero recuerdo a tiempo no soltar las manos.

—Caleb, no puedo soportarlo —sollozo—. Por favor.

Se sienta sobre los talones para acariciarme el clítoris pausadamente con el pulgar.

—¿Qué pasa, doctora? ¿Tienes que correrte de nuevo?

Asiento rápidamente.

—Sí. —Miro el bulto en sus vaqueros—. ¿Vas a, mmm...?

Le da a su polla un apretón por encima de los vaqueros, pero niega con la cabeza.

—No tengo condones.

No puedo describir la sensación de desesperación que me invade.

—¿Qué?

Oh.

Aprecio su honestidad y preocupación. Me lamo los labios de nuevo, maldita sea, tengo que abandonar este hábito.

—Bueno, tomo la píldora. Solo para regular mis períodos. Entonces, mmm, si quisieras... Quiero decir, estoy sana. ¿Tú?

Le brillan los ojos. Lo juro, realmente le brillan. Como los ojos de un gato por la noche.

—Estoy sano. —Su voz es áspera y grave—. ¿Estás segura? Quiero decir, te perdiste tu píldora hoy.

—Tomaré dos mañana. Todo estará bien. —Es una novedad: ser yo quien suplica por sexo, intentando convencer a mi pareja y no al revés.

Caleb fija su mirada en la mía mientras se aprieta la polla por encima de los vaqueros. Su cuerpo, esbelto y poderoso a la vez, tiene una hermosa masa de músculos entintados de tatuajes.

Un escalofrío de emoción me recorre.

De verdad está sucediendo. Con Caleb, el montañés extremadamente ardiente, que pronto estará desnudo.

—Date la vuelta.

—¿Qué? —Arqueo las cejas, sorprendida.

—Me escuchaste. Quiero follarte por detrás. Puedes bajar las manos ahora.

—Quiero verte desnudo primero —le digo obstinadamente.

Me dedica una sonrisa ladeada.

—¿Estamos negociando? Pensé que aquí mandaba yo.

—*Pensaste* es la palabras clave —le respondo. Pero luego pierdo todo enfoque en la conversación cuando me doy cuenta de que sus vaqueros están abiertos, y la parte delantera de sus calzoncillos se esfuerza por ocultar lo que estoy tan desesperada por ver.

Oh, demonios. ¡Es tan grande como sospechaba! Enorme de verdad.

Se quita los vaqueros y los calzoncillos. Un hilo de miedo se retuerce en mí.

—No creo que eso vaya a caberme. —Mi voz suena baja.

—Oh, cabrá. Y te gustará. Ahora date la vuelta.

Oh. Ese mando realmente me provoca. Hace que mi núcleo se funda y el calor se vierta por la parte interna de mis muslos. Logra que los dedos de los pies se me acalambren. Me pongo en marcha y me doy vuelta para mirarle por encima del hombro. No quiero perderme ni un solo segundo de esto.

Caleb sonríe.

—Buena chica. —Se sube a la cama—. Ábrete para mí.

Asumo que se refiere a mis piernas, así que separo los muslos, extendiendo los tobillos sobre la cama.

—Mmm —gruñe—. Hermosa. Eres jodidamente hermosa.

Me siento hermosa. Me siento sexy, deseada. Tres cosas que nunca, nunca siento. Mis exuberantes senos pueden ser bastante admirados pero todo lo que generalmente me inspiran es vergüenza. Frustración o enfado en los peores días. Pero ahora recibo los elogios de Caleb de una manera completamente distinta. Le creo. Me deleito en ello.

Se arrodilla entre mis piernas y las abre aún más con sus rodillas.

—¿Sabes lo hermosa que eres?

Él sigue diciéndolo. *Hermosa.*

—Me siento hermosa en este momento —digo con un susurro.

Agarra mis muñecas y las coloca sobre mi cabeza, como lo hizo cuando estaba de espaldas. Baja la cabeza hacia la mía y su aliento me acaricia la oreja.

—Será mejor *que creas* que eres hermosa. Si no lo haces, tienes otra lección por aprender.

Otra lección.

No tengo idea de lo que significa, pero suena lascivo y tentador, todo lo cual me encanta.

—Ahora vas a recibir mi gran polla porque sabes que la voy a usar bien. —Embiste mi entrada con la corona. Se siente tan bien sin condón, parece acero aterciopelado frotándose en mis jugos.

Lo quiero más en mí. Tengo tantas ganas.

Entonces me arqueo y me empujo contra él.

Se ríe mientras la punta se desliza dentro de mí.

Gimo.

Se introduce con una presión constante. Un centímetro a la vez. Otro. Fuerzo mis músculos a relajarse. Estoy tan mojada allí abajo que se desliza como si estuviera hecho para mí. O como si estuviera hecha para él.

Se siente celestial. Increíblemente perfecto. Toda esa acción con la lengua fue genial, pero nada reemplaza a una polla. Ni siquiera los dedos o cualquier vibrador que haya probado. No, esta es la satisfacción que he estado anhelando. Esto es lo que necesito. Incluso cuando su gran hombría me estira ampliamente, me llena demasiado, el placer supera todo temor.

Sigue penetrando hasta que sus bajo vientre choca con mi culo y luego entra y sale como una guadaña con cada acometida.

Nunca antes había tenido a alguien que me diera vuelta

y me tomara por atrás, está bien, ahora me doy cuenta de lo limitada que fue realmente mi experiencia, pero me encanta la posición. Cada embestida me estimula aún más. Está en lo más hondo, pero no duele; simplemente se siente bien.

—Sí —me quejo—. Más.

—Oh, te daré más. —La oscura promesa es seguida por una mano que cae a mi nuca, sosteniéndome en el lugar cuando comienza a bombear más fuerte. Más deprisa.

En el dormitorio, resuenan gemidos desenfrenados, supongo que provienen de mí, pero no lo sé porque estoy perdiendo completamente la cabeza.

Intento articular palabras, pero solo salen galimatías de mis labios.

Sigue y sigue, cada satisfactoria caricia me lleva a un frenesí más profundo. No quiero que se detenga nunca, y sin embargo, necesito que llegue a su conclusión natural con tal desesperación que araño la colcha.

—Sí, por favor, sí —canturreo mientras embiste aún más fuerte, su bajo vientre impacta contra mi trasero como una nalgada erótica.

Caleb deja escapar un estruendo bajo, un sonido bestial, y luego un rugido más fuerte justo antes de sumergirse profundamente y liberarse.

Grito mi aprobación, con mis músculos internos apretándose alrededor de su polla, contrayéndose y exprimiéndola al máximo. Juro que siento el calor del simiente que me quema. Los fuegos artificiales explotan detrás de mis ojos. Nunca me he sentido tan femenina. Nunca había podido recibir tanto placer. Ni conocer la agonía de la pasión.

Caleb me la enseñó.

Mi salvador gruñón. El barbudo montañés de músculos esculpidos.

Me aparta el pelo de la cara y giro la cabeza para mirarle por encima del hombro.

—¿Estás bien?

Asiento.

—Definitivamente.

—¿Todavía crees que el sexo está sobrevalorado?

Mi risa sale ronca y cruda.

—No de la forma en que lo haces.

Su sonrisa de satisfacción me provoca sentir mariposas en el estómago. Es tan guapo cuando sonríe: sus dientes brillan blancos, la forma en que sus ojos se arrugan en las esquinas.

Y ahí es cuando me doy cuenta: tiene líneas de sonrisa alrededor de los ojos. Este hombre solía reír y sonreír mucho.

Entonces, ¿qué cambió?

Capítulo Ocho

Caleb

Debería estar furioso conmigo mismo. O al menos, atormentado por la culpa. Y siento algo de eso. Pero sobre todo... sobre todo, noto que me siento *cuerdo*.

Durante tres años he estado coqueteando con la locura. He dejado que el oso dirija el espectáculo con demasiada frecuencia, he perdido el control sobre la realidad. Sobre vivir. Sobre ser humano. Incluso me he preguntado a veces si yo fui responsable de lo que les sucedió a Jen y Gretchen, asesinadas por las garras de un oso, después de todo.

Y ahora, tras follar con una joven humana, vuelvo a ser yo. Puedo pensar con claridad. Con lucidez. Mi entorno parece más nítido, la niebla mental se ha disipado.

—¿Cómo crees que estuvo en tu escala? —dice Miranda, mirándome tras sus pestañas como si hubiese tomado pastillas para la ansiedad y de repente surtieran efecto. Tiene las mejillas sonrojadas de un bonito tono rosado y el pelo rojizo despeinado le rodea la cara como un halo.

Frunzo el ceño porque su pregunta me lleva a pensar en

compararla con otras mujeres, lo que inmediatamente me recuerda a Jen.

Sin embargo, la doctora se sonroja aún más y me doy cuenta. Herirle su orgullo nunca fue parte de esto. Puede que haya tenido algo que demostrarle, pero no se trataba de su falta de habilidad o atractivo.

Me paso una mano por la cara y la barba.

—El mejor sexo que he tenido en tres años. —Esa es una verdad de la que no tengo que sentirme culpable.

Pero es demasiado inteligente. Se apoya en sus antebrazos y ladea la cabeza:

—¿Es el único sexo que has tenido en tres años?

Ofrezco una sonrisa de disgusto.

—Me pillaste allí.

Se sienta en la cama y sus grandes tetas rebotan al ponerse vertical. Es tan jodidamente voluptuosa. Tan atractiva. A pesar de que acabo de correrme, y copiosamente, mi polla se vuelve a poner gordita.

Ella se da cuenta.

Sin embargo, no es un juego su pregunta. No hay acoso, ni timidez. Tampoco juicio.

—¿Perdiste a alguien, Caleb? —Su voz es suave. Tranquilizadora.

Un sonido sale de mis labios. Un ladrido de algún tipo. Ni una risa ni un sollozo. Algo intermedio. Me dejo caer sobre la cama junto a ella mirando al techo. La vulnerabilidad de mirarla a los ojos en este momento es demasiado.

—No sé cómo te has dado cuenta.

—Este lugar es claramente tuyo, pero también tiene toques femeninos.

—Bueno, maldita sea. Examinaste los datos, ¿no? Supongo que es por eso que tienes el doctorado. —Entrelazo las manos detrás de la cabeza. Por lo general, me enfado, o sucumbo a la rabia, cuando la gente quiere hablar de mi pérdida. Pero por alguna razón, esta conversación es un alivio. Como si mi pasado fuera una carga que he querido compartir.

Y Miranda es la oyente perfecta. No habla. No hace más preguntas. Solo me da su silencio como una ofrenda. Un espacio que puedo llenar si quiero. O no.

—Mi esposa y mi hija pequeña fueron asesinadas hace unos años.

Escucho su respiración conmocionada, pero aún así se abstiene de hablar. Solo me deja explayarme.

—Las encontré junto al río. Fue un ataque de oso. O eso dijo la policía. Sus cuerpos fueron destrozados por algún tipo de animal salvaje. No lo sé, no tiene sentido para mí.

Espera un rato más antes de murmurar:

—Me enteré del ataque. Tampoco tenía sentido para mí. De hecho, lo atribuí a la estrechez mental de un pueblito.

Me doy vuelta para mirarla. Sus palabras son muy bienvenidas. Como un salvavidas al que puedo aferrarme. Me he sentido como un loco durante muchos meses. Todos a mi alrededor, incluidos los cambiantes, dijeron que tenía que ser un oso el asesino. Los metamorfos piensan que fue alguien que perdió el control de su animal, que olvidó su humanidad y se volvió loco. Algo así como lo que casi me pasó después del asesinato.

Los humanos pensaron que el oso debía de estar rabioso. O demasiado agresivo.

Pero esta ecologista tan inteligente y bien educada a mi lado entiende que la historia no puede ser cierta. Tal como yo.

Miranda extiende la mano y me toca los bíceps con las yemas de los dedos.

—Gracias por decírmelo. No puedo imaginar lo difícil que debe ser para ti.

—No —la interrumpo. No quiero su compasión, aunque ella me calma como un bálsamo.

—¿Quieres que vuelva a mi habitación a dormir? —Es una oferta dulce y un alivio. No le habría pedido que se fuera, pero de repente siento que no corresponde tenerla en esta cama.

—Sí. Sería lo mejor. —Mi voz suena más áspera de lo que pretendía y hace una mueca.

Maldita sea.

Agarro su mano cuando se aleja de mí.

—¿Miranda?

—¿Sí? —Se gira, su cabello rojo se agita sobre su hombro.

—Gracias. —Le suelto la mano.

Se ríe sorprendida cuando se levanta de la cama, luego agarra una de las almohadas y la usa para cubrirse.

—No sé por qué, pero de nada.

—Por esto —hago un gesto con la mano hacia la cama—. Y por... —me froto la cara otra vez con la mano— por escuchar.

Arquea las cejas, sorprendida.

—De nada. Gracias por, mmm, por los datos para la investigación.

No puedo evitar la sonrisa que se forma en las comisuras de mi boca. Y de repente surge el deseo de darle algunos datos más.

Menos mal que ya está en la puerta.

—Buenas noches, Caleb.

Oh. Eso suena tan familiar. Tan íntimo.

—Buenas noches, doctora.

Capítulo Nueve

Caleb

Casi no he dormido, lo cual es inaudito para mí, especialmente en invierno. Es como si mi oso pensara que es verano. Está feliz. Quiero decir realmente feliz. ¿Quién iba a creer que todo lo que necesitaba era tirarse a una guapa científica?

Ni siquiera la culpa que yo siento puede quitarle su alegría.

Joder, francamente estoy animado cuando me levanto de la cama al amanecer y enciendo la cafetera. Media hora más tarde, he preparado todo lo necesario para hacer tortillas de salmón, espinacas y queso crema y tengo patatas y cebollas salteadas en el fuego.

—Oh, madre mía, huele increíble aquí.

Me doy vuelta para ver entrar a Miranda, que aparece con la camiseta de tirantes, mis pantalones de chándal y el perro trotando a sus pies. Luce adorablemente despeinada, con el cabello alborotado tras la dura follada que le di anoche, los ojos verdes brillantes, las mejillas sonrosadas por el sueño. Me sorprende que las palabras que llegan a mis labios sean *Te ves hermosa.*

No es apropiado decirlas, de ninguna manera. Quiero decir, tampoco es inapropiado, pero no estamos saliendo. Tuvimos sexo como prueba de posibilidades, nada más. No puedo actuar de repente como si fuera mi novia.

Aun así, eso no impide que mi polla se engrose por la forma en que sus senos sin sostén se balancean debajo de la camiseta. De inmediato me imagino subiéndosela y vertiéndole miel a sus tetas solo para poder lamerla a fondo después.

Miranda debe de captar mi vibra porque se le endurecen los pezones y la respiración se le entrecorta. Percibo el almizcle de su excitación aun con el aroma de la comida.

—Dormí como un bebé —dice con una risa avergonzada.

—El buen sexo te provoca eso.

—Sí. —Otra risita. Se quita el pelo de la cara—. Ya no tienes que convencerme. Soy una conversa. ¿No estarás ofreciendo tus servicios, verdad? —Su cara se ruboriza de un rosa más intenso, como si no pudiera creer que lo sugiriera.

Y ahora me pone más duro que el mármol.

—Bueno, me encantaría proporcionarte otro..., ya sabes, otro conjunto de datos o dos. Para tu investigación. —Mi voz sale más áspera de lo normal.

Los pezones sobresalen aún más y entorna los párpados. Da dos pasos más cerca de mí y se lleva las manos al vientre para alcanzar sus pechos.

Joder.

Me abalanzo sobre ella en un instante. Probablemente, sin querer me haya movido con la velocidad del metamorfo.

La sujeto de los brazos, la doy vuelta hasta que golpea la nevera con la espalda y se estremece por el impacto. Mis labios descienden a los suyos capturando su boca pulposa, demonios, declarándole la guerra. Aprieto mi cuerpo duro contra el suyo blando e indulgente, aplastando mi erección en su vientre.

Gime agarrándome los bíceps. Sin ceremonias, meto la mano por la parte delantera de mis pantalones de chándal y le acaricio el coño jugosamente mojado. Un dedo se hunde en su calor sin que yo lo intente.

Me devuelve el beso, la boca se mueve frenéticamente sobre mis labios, la lengua se entrelaza con la mía.

—Te voy a follar contra esta nevera —gruño, levantando una de sus piernas y colocándola alrededor de mi cintura—. ¿Necesito consentimiento para esto?

—Lo tienes —jadea, deslizando las manos por el interior de mi camisa, manoseando mis pectorales.

—Eres preciosa. —digo ahora. Porque hay que decirlo. Merece oírlo a menudo y tengo la sensación de que no lo ha hecho.

Me desabrocho los pantalones vaqueros, libero mi erección mientras muevo los labios sobre los de ella en otro beso brutal. Le tiro los pantalones al suelo, me pongo en cuclillas y tomo su néctar de un largo lametón.

—¡Oh! —Sus caderas se sacuden; su culo desnudo deja una cálida huella en la nevera.

Descarto cualquier idea de proceder con lentitud y hacer esto con gentileza. Mi oso necesita follarla salvajemente otra vez, y ella lo quiere, así que voy por todo. Me levanto y la penetro con mi erección.

Sus ojos verdes se abren de par en par y se elevan hacia mi cara. Tengo que doblar las rodillas, pero levanto su pierna más alto, enganchándola en mi antebrazo para un mejor acceso. Ella inclina su coño hacia mí abriéndolo como una flor y me hundo en ese delicioso calor, taladrando hasta el final. La nevera se estrella contra la pared, los frascos de condimentos repiquetean en las estanterías. Me encanta la forma en que su mirada de sorpresa permanece clavada a la mía, como si no quisiera perderse nada. O necesitara más datos de lo que está sucediendo. Su inocencia debería forzarme a querer ser amable e ir despacio, pero no es así.

Me dan ganas de *devorarla*.

Consumirla.

Soy el depredador y ella es mi presa. Mi próxima comida.

Embistiendo con ferocidad, hago que su respiración se entrecorte cada vez que estampo mis caderas contra las de ella, golpeando su culo contra la nevera, la nevera contra la pared. Deja escapar un gemido y me calmo un poco.

—¿Estás bien, doctora?

—¡Joder, sí! —estalla, haciéndome reír.

—Bien —retumbo—. Porque te voy a follar tan fuerte que no caminarás derecha.

—Creo que ya lo lograste —jadea. La risa y la lujuria se mezclan en su voz melódica.

—Vas a aguantar porque sabes que te haré sentir bien. ¿No es así?

—¡Sí! Sí, Caleb.

Me encanta escuchar mi nombre en ese tono apasionado.

Encuentro su culo con el dedo medio del brazo que le sostiene la pierna. Jadea y su coño se baña con lubricante fresco.

—También me dejarás follarte aquí cuando lo decida —la tiento. No sé por qué tengo que hablar, pero me responde con un gemido que suena como si estuviera a punto de llegar al clímax.

—Oh, eso te excita, ¿no, doctora? —Le masajeo el ano, lo golpeteo ligeramente, todo el tiempo follándola sin piedad hasta que corro el riesgo de que la nevera atraviese la pared y salga al exterior. Y las paredes de esta cabaña son de troncos sólidos.

—¿Quieres que folle este agujerito apretado? —Sigo follando ligeramente su ano con las yemas de un par de dedos.

—Oh, *mi cielo*.

El calor me recorre el cuerpo. Los dientes se alargan como si quisiera darle un mordisco de apareamiento. Será mejor que me libere pronto o podría terminar mal.

—¿Estás lista, doctora? ¿Vas a gritar mi nombre cuando lo hagas?

—Sí, Caleb, *sí*. —La embisto con implacables estocadas cortas, asegurándome de que sienta cada centímetro de mí, para que aprenda qué significa tomar la polla de un metamorfo gigante.

—Grita —le ordeno, follándola hasta el olvido.

—¡Caleb, Caleb, Caleb, oh, cielos, sí! ¡Sí, Caleb!

Empujo hasta el fondo y me corro mientras sus paredes se aprietan y tensan mi virilidad. Mi oso ruge de satisfacción. O tal vez ese sea yo. Todo lo que sé es que la gratificación me recorre todo el cuerpo, el bienestar se expande por mis extremidades como un bálsamo curativo. Las emociones se apaciguan, mi mente se calma en un estado de quietud.

Cuando se me aclara la visión, me doy cuenta de que todavía tengo a Miranda clavada contra la nevera, estremecida con jadeos, con sus amplios senos presionándose en mi pecho en cada respiración.

Le suelto la pierna primero, pero no me retiro. Cambio el ángulo, mejorando la sensación de estar todavía asentado profundamente dentro de ella. Entonces, a regañadientes, salgo.

—¿Estás bien? —pregunto.

—Um, sí —Se lame los labios. Sus rodillas se doblan y suelta una risa temblorosa—. Pero no creo que pueda mantenerme en pie.

—Te sostendré, cariño. No voy a dejarte caer. —Le beso la sien. Es un gesto afectuoso, diferente del sexo crudo que acabamos de tener. Se siente mal. No, eso no es cierto. Me siento bien, por eso lo hice.

Pero quiero equivocarme. Necesito equivocarme. No estoy cortejando a esta encantadora hembra para que sea mi compañera. Simplemente siento un deseo carnal por ella. Nada más.

Ella no quiere más.

Yo no quiero más.

Fin de la historia.

Se aferra a mis brazos por un momento, luego Oso gime junto a la puerta trasera y me da un suave empujón.

Me inclino para recoger los pantalones de chándal y entregárselos a Miranda.

—¿Tienes hambre?

Su sonrisa ilumina toda la cocina.

—Muchísimo.

* * *

Miranda

Bendita tormenta de nieve. Ahora entiendo la expresión *la agonía de la pasión*. Es cuando tu cuerpo se apodera de tu cerebro y haces cualquier cosa para obtener satisfacción.

Y definitivamente tuve satisfacción: mi montañés es una bestia. Un hombre bestia en serio. ¿Cómo pude haber pensado que el sexo no era divertido?

Ah, cierto, porque tuve los amantes más sosos en la historia de la cópula, así fue cómo.

Me subo los pantalones de chándal de Caleb, camino hasta la puerta y la abro para que Oso salga, luego le grito mientras cae la nieve. Oso mueve la cola como si la nieve fuera un amigo que quiere jugar con él. Ha caído tanta que llega casi hasta la parte superior de la puerta, pero por unos quince centímetros libres, la luz diurna se filtra y el sol me da directamente en los ojos.

Oso no tiene dónde ir, así que orina el escalón superior, donde el saliente evitó que la nieve cayera.

Caleb aparece detrás de mí y me da una palmada en el culo:

—Supongo que ya no nieva.

—Um, ¿cómo saldremos?

Su risa es baja y sexy.

—Supongo que tendremos que hacer un túnel.

Oh. Vaya. Suena tan divertido cuando lo dice. Como si fuera un juego que vamos a jugar justo antes de armar muñecos de nieve y un iglú.

Cierro la puerta y tiro la toalla que usó anoche para absorber la nieve derretida por todo el piso.

Caleb ya se ha dirigido a la cocina donde se lava las manos y luego rompe los huevos en un tazón. Me acerco atraída como un imán hacia su cuerpo.

—¿Qué haces?

—¿Te apetecería una tortilla de salmón?

—Oh, cielos, ¿hablas en serio? Suena como algo por lo que moriría.

Se da vuelta y me clava una mirada oscura.

—Demasiado pronto.

Me río.

El calor florece en mi pecho. En mis mejillas también. Supongo que me he sonrojado.

Caleb gruñe que mi tortilla está lista. Le quito el plato lleno de patatas y con la tortilla más bonita que he visto.

—Gracias. Estoy muy emocionada. Nunca he comido una tortilla de salmón.

Los ojos de Caleb se arrugan.

Es mi nuevo plato favorito.

Me siento a comer mientras él regresa a la estufa para cocinar una segunda tortilla.

—¿Entonces realmente te gusta el pescado? Hubiera pensado que un tipo como tú sería más de la carne roja.

Caleb se encoge de hombros.

—Como carne roja. Pero me gusta pescar, así que como pescado.

Respuesta directa de un hombre directo. Puede que me haya parecido malhumorado al principio, pero al menos nunca se anda con rodeos. Sus intenciones son siempre claras. Me encanta eso de él.

Me levanto y me sirvo café, disfrutando de la forma tan cómoda en que él se mueve y me deja entrar en su vida como si yo perteneciera a este lugar. O como si fuera bienvenida. Como si fuéramos compañeros de piso con derecho a roce.

Eso realmente me hace sonreír.

Empiezo a tararear para mí misma mientras sirvo las dos tazas de café y agrego leche y azúcar a la mía. Noté que tomó el suyo negro ayer.

Caleb se sienta con su tortilla y comemos juntos en un silencio agradable, tan diferente de las incómodas lagunas de la conversación de ayer.

—Entonces, ¿crees que volveré a mi cabaña hoy?

Caleb resopla.

—Lo dudo —dice con la boca llena de comida—. Depende de qué tanto brille el sol hoy. Hay mucha nieve que tiene que derretirse primero. No creo que logremos hacer un túnel hasta allí. —Sus ojos se arrugan de nuevo con una sonrisa y mi corazón se agita un poco.

Vaya. Treinta y seis horas y me estoy enamorando.

¡No! No puedo enamorarme. Se trata solo de sexo. E investigación. Y odio a los hombres, de todos modos.

Excepto que lo políticamente correcto no significa nada en esta cabaña. No hay estatus o postura, no tengo que tratar de demostrar que soy digna. Insiste en llamarme *doctora,* por el amor de Dios. Definitivamente no es un hombre que se sienta intimidado por mi título o inteligencia.

Somos solo dos personas atrapadas en una cabaña.

Una vez que terminamos de comer, me ducho y me pongo la ropa que llevaba puesta cuando me rescató. Cuando salgo del cuarto de baño, encuentro que Caleb no bromeaba. Ya ha comenzado a formar un túnel por la puerta principal y ha abierto un camino de aproximadamente medio metro de ancho y cinco de largo. Las paredes de nieve son más altas que yo. Oso ladra de alegría, corriendo por la nieve y moviendo la cola.

Me río, mi propia alegría coincide con la suya. Es como nuestro propio Dr. *Zhivago.* Estamos en un hermoso país de las maravillas invernal. Caleb se mueve con gracia y aparente facilidad, usando una pala para lanzar la nieve a más de dos metros completos a los bancos a cada lado. Me detengo a observar su musculoso trasero en sus vaqueros, admiro la fuerza de sus movimientos.

Después de un minuto, le toco la espalda.

—¿Quieres que te ayude?

Lleva un gorro de punto, pero por lo demás no se ha abrigado demasiado. Supongo que palear es un trabajo duro.

Su frente se arruga con lo que parece ser incredulidad y frunce el ceño.

—Ah, no, doctora. Sin faltarle el respeto, pero yo me encargo. —Hay una pizca de sexismo pomposo en sus palabras, pero en lugar de ofenderme, me excitan. Porque puedo decir que piensa que darme la pala sería de poco caballero.

Y estoy feliz de dejarle ser el hombre en este caso. Especialmente cuando se ve tan bien haciéndolo.

—Bueno, gracias. ¿A dónde vas?

Levanta la barbilla.

—Debería encontrar mi camioneta pronto, a menos que me haya equivocado. —Mira hacia los árboles y de vuelta a la casa—. No, la camioneta debería estar aquí, a cinco metros, más o menos.

—¿Entonces qué?

—Entonces voy a desenterrarla y ver si el arado funciona. Es una camioneta grande, pero creo que nunca usé el arado con nieve tan profunda.

Gracias a Dios. Tiene un arado. Por supuesto que sí. Encaja con el ambiente del montañés constructor.

—¿Y si no es así? —No sé por qué le hago tantas preguntas, pero estoy tan fuera de mi elemento aquí, completamente a merced de su conocimiento y experiencia, que no puedo ir a ninguna parte a menos que él me lleve.

—Luego te llevaré de regreso a tu cabaña y te daré algunas lecciones más para tu investigación.

El sexo se me aprieta.

—¿Qué tienes en mente?

Deja de palear e inclina la cabeza.

—Bondage. Anal. Más azotes.

Es como si hubiera encendido y arrojado un fósforo a un charco de combustible. El calor explota en mis entrañas, las llamas lamen mis muslos internos, mi culo, mis pezones.

—Tal vez, pruebe tus límites.

—¿Qué es eso? —Mi voz se entrecorta. No tengo miedo, pero un temblor de nervios me invade.

—Ahí es donde te mantengo al borde de un orgasmo, pero no te dejo alcanzarlo.

—Eso suena ... ¡horrible! —me quejo.

—No. Cuando finalmente lo tengas, será tan bueno que sollozarás a mis pies.

Mi coño vuelve a apretarse, mi cara se enrojece. Él debería parecerme egoísta. Me sugiere ponerme de rodillas, sumisa a él. Pero la forma práctica en que me lo presenta, me hace creer que es verdad. Estaría de rodillas rogándole por más. Y probablemente me encantaría cada minuto.

—No creo que tengas consentimiento para eso. —Me estoy poniendo nerviosa, un rasgo por el que normalmente me juzgo, pero cuando los labios de Caleb se retuercen, mis inseguridades desaparecen.

—Ya veremos. —Vuelve a palear.

Agarro la nieve de la pared a mi lado y formo una bola para lanzarle a él. Le da de lleno en la espalda.

No se da la vuelta. No estoy segura de que siquiera la haya sentido. Sofocando una risita, hago otra bola y se la lanzo a la parte posterior de su cabeza. Le golpea el cuello.

Me estremezco, imaginando lo horrible que debe sentirse que la nieve caiga por la nuca, pero solo mueve un hombro.

—Realmente debes querer esas nalgadas —retumba sin girarse ni dejar de palear.

Ahora me río a carcajadas. Levanto otra bola de nieve y se la lanzo a la cabeza otra vez. Fallo, Oso la persigue, trata de atraparla en su boca y regresa con copos de nieve cayendo de su lengua.

—Vamos, Oso, veamos qué se necesita para que el

montañés se dé vuelta —bromeo, formando otra bola de nieve.

Caleb se gira, divertido.

—Cariño, si me lanzas otra, te tiro a ese montón de nieve.

Corro, lanzándome a su cuerpo en un intento de derribarle en la nieve. El hecho de que no me preocupe hecerle daño, o que no se asuste de una mujer corpulenta volando por el aire hacia él, es un testimonio de lo varonil que creo que es.

El hecho de que me le abalance con todo mi peso desde un metro de distancia y no le derribe es un testimonio de lo duro que Caleb realmente es.

Me atrapa y se ríe a carcajadas, mientras envuelvo mis piernas alrededor de su cintura y aprieto con todas mis fuerzas. Se siente increíble que me abrace de esta manera, como si no pesara nada. Como si mi tamaño no fuera demasiado grande, demasiado pesado para levantar. Como si estuviera disfrutando del contacto cercano.

Oso salta a los pies de Caleb como si este fuera un juego en el que él también quiere participar.

—Ahora lo vas a conseguir. —Sus ojos oscuros están fijos en mis labios.

—¿Oh, sí? —Respiro.

Su sonrisa tiene un rastro de maldad.

—Definitivamente. —Comienza a caminar de regreso a la cabaña, cargándome como si fuera tan ligera como un gatito—. No vamos a salir de aquí hoy, de todos modos. Simplemente no quería decírtelo antes.

Bueno, eso es dulce.

—Gracias por intentarlo.

—No me agradezcas todavía. No sabes qué castigo tengo reservado para ti.

Revoloteos de excitación me recorren. Estoy teniendo más sexo que una recién casada y es como si todo mi cuerpo recobrase vida. Me siento seductora por primera vez en mi vida. Quiero sexo. Quiero pavonearme. Estoy dispuesta a abrirme a un hombre.

Y no me da miedo.

Tal vez me sienta segura porque es a corto plazo. Es una aventura encapsulada en el tiempo en que siga nevando aquí y si se prolongase más allá de la nevada, solo serían los pocos días que me restan en Pecos. Después volveré a Albuquerque y Caleb se quedará aquí. Fin de la historia.

No pienses en esa parte.

Caleb me lleva a su cama y me deja caer en el medio. Oso le sigue haciendo cabriolas alrededor de los talones hasta que le dice severamente que salga de la habitación y mi perro le obedece de inmediato.

—Desnúdate —me ordena como al perro. Cuando se quita la chaqueta, la camisa y las botas, tengo esa vista tan atractiva de su pecho tatuado, los abdominales marcados y la V de músculos que se dirigen hacia el sur de sus vaqueros.

—¿Disculpa? —Tengo que protestar por su actitud mandona.

—Diez segundos, cariño. O habrá consecuencias.

Se me revuelve el vientre. Vale, suena emocionante.

—¿Qué tipo de consecuencias?

Él sonríe.

—Del tipo de nalgadas.

Los revoloteos estallan en una lluvia de chispas y el calor se derrama en cascada por mis extremidades. Antes de tomar la decisión racional de obedecerle, ya me estoy quitando la ropa.

Caleb abre su cómoda y saca un largo calcetín verde.

Levanto una ceja y me cubro los senos, al menos los pezones, con mi antebrazo.

Se sube sobre mí sin ceremonia y me agarra las muñecas. Un tirón, algunos movimientos rápidos, y me ha atado a la cabecera con el calcetín.

¿Quién sabía que los calcetines tenían usos tan creativos?

Doy un tirón. Probablemente pueda zafarme si lo quisiera, pero no quiero. Me encanta que toda la responsabilidad de este interludio recaiga directamente sobre los hombros de él. Como las otras veces, Caleb me está enseñando algo. No tengo que actuar, competir ni hacer nada. Mis inseguridades no surgen ni amenazan. De hecho, todas desaparecen porque me hace sentir hermosa y deseada.

—Qué pena —murmura Caleb.

—¿Qué?

—Estaba deseando azotar ese delicioso culo tuyo. Supongo que tendré que conformarme con follarlo.

Mi trasero se contrae en respuesta.

—Um... espera. No estoy segura...

—Tú no lo estás, pero yo sí. —Usa su voz brusca y sensata, pero casi creo que si realmente no quisiera esto, se detendría en un abrir y cerrar de ojos. Caleb es un caballero de corazón. Tengo la certeza de eso.

* * *

Caleb

Soy un cabrón excitado. Todo lo que puedo pensar es en la variedad de formas en que quiero follar a esta hermosa humana. Tumbada boca arriba, con los brazos levantados y atados, sus grandes y deliciosas tetas se separan y elevan. Su sedoso cabello rojo se extiende como un abanico alrededor de la cabeza. Tiene el coño sin depilar, lo cual es sexy para mí, porque quiero ser el tipo que lo depile. Tengo esta fantasía de ponerla en el baño y dejarla limpia de vello.

Quiero enseñarle todas las posiciones del manual del sexo. Asegurarme de que su educación conmigo sea lo más completa posible y que goce cada segundo.

De momento, eso significa que necesito lubricante. Mucho, porque no quiero que sienta dolor cuando tome mi gigantesca polla de oso por el culo.

—No te muevas —le digo, la orden la hace resoplar, ya que no puede moverse, de todos modos—. Volveré enseguida.

Tomo un poco de aceite de oliva de la cocina y me lavo las manos. Cuando regreso, tengo que detenerme en la puerta y respirar profundamente para contener el deseo de darle un mordisco de apareamiento.

Ella no es una cambiante. Y no la voy a reclamar.

Mi oso retrocede porque... sí. Él es tan excitado como yo.

El aroma a fresas y helado de Miranda se mezcla con su excitación femenina llenando la habitación como el perfume más dulce.

—Separa las rodillas, cariño. —Mi voz suena dos octavas más grave de lo habitual. Todavía sigo en la puerta porque quiero asegurarme de tener al oso bajo control antes de tocarla.

Cuando arrastra su labio inferior por sus bonitos dientes blancos y abre las rodillas, casi me desplomo de frente por el repentino palpitar de mi polla.

—Joder. —Me acerco y dejo caer la botella de aceite de

oliva a su lado para poder enganchar ambas manos debajo de sus muslos y deleitarme entre sus piernas.

Ella grita en el momento en que mi lengua hace contacto el clítoris y luego se retuerce en mi cara, emitiendo los sonidos más lindos mientras la devoro. Me tomo mi tiempo, para que se hinche y sus jugos naturales goteen sobre mi lengua.

Cuando balbucea mi nombre con urgencia, finalmente me tomo un descanso y abro la botella de aceite de oliva.

—Oh, Caleb. Vaya. No lo sé ...

—No lo sabes. Pero yo sí —le digo. Echo un poco de aceite en mis dedos—. Tu trabajo es relajarte y aceptarlo. El mío es asegurarme de que lo disfrutes. ¿Entiendes? —Froto mi dedo aceitado sobre su ano, lubricándolo bien antes de aplicar un poco de presión. El truco es esperar un momento. Hay un fruncido inicial y luego el anillo de músculos se relaja. Espero hasta a que se relaje y presiono, masajeando todo alrededor para lubricar el interior.

Cuando aún se va acostumbrando a la intrusión, vuelvo a acercar mi boca a su coño, y le doy los lengüetazos más creativos que puedo inventar.

A mi chica le encanta.

Gime y se agita, sus muslos rodean de mi cabeza, sus pies se aferran a mi cintura como si estuviera tratando de empujarme, pero cada vez que salgo a tomar aire, me tira hacia adentro.

Agrego un segundo dedo, trabajo para estirar su agujero trasero y prepararla para mi polla.

Ella gime un grito necesitado y agudo.

—Te gusta que te folle el culo, ¿no?

—Cielos, Caleb. Madre mía. Eres tan... lascivo. *Por Dios*. Necesito tanto que me folles.

Me río de lo lejos que hemos llegado en tan poco tiempo.

Le froto el clítoris con el pulgar mientras le follo el culo, levantando la cara para contemplar el espectáculo.

—¿Estás lista para que te folle el culo?

—No. Sí. No sé. Quizás. Tengo miedo.

—Ah, cariño. No tienes que tener miedo. —Deslizo mis dedos fuera y desato el calcetín que le ata sus muñecas—. Date la vuelta y pon esa almohada debajo de tus caderas. —Levanto la barbilla hacia la almohada debajo de su cabeza.

Cumple de inmediato, lo que me dice que sus temores no le impiden renunciar a su virginidad anal.

Goteo más aceite de oliva en la grieta del trasero y abro las pálidas nalgas.

—Tienes el mejor culo —le digo. Es cierto. Definitivamente soy un hombre que ama los culos y el suyo es voluptuoso.

—Tengo uno grande —dice con ironía.

Le doy una palmada y florece una huella roja de la mano.

—Será mejor que te guste este. —Le doy una palmada en la otra nalga.

—¿O qué? —se ríe—. ¿Lo azotarás? No estoy segura de que sea mostrarle amor.

—Oh, lo es. —Yo también me río. Lanzo una ráfaga de nalgadas punzantes, poniendo un bonito rubor en su piel pálida—. Definitivamente es una muestra de agradecimiento.

Ella aprieta las nalgas y se retuerce riendo todo el tiempo.

—Pon tu mano entre tus piernas —le digo.

—¿Qué?

La nalgueo con fuerza.

—*Ahora*, doctora. Cuando te doy una orden, espero que la sigas. —El aroma fresco de su excitación llena mis fosas nasales, diciéndome que no he ido demasiado lejos. Disfruta de mi dominio.

Sin dudas, mejor, porque me encanta hacerme cargo. No me he hecho cargo de nada en tres años, incluida mi propia vida. No pensaría que algo tan simple como mostrarle a una científica ardiente los beneficios del sexo sería la panacea, pero estoy seguro de que me reconforta.

Ella levanta las caderas y desliza su mano curvando los dedos en su jugoso sexo.

—Buena chica. Ahora sigue trabajando ese coño mientras disfruto de este culo.

Deja escapar un pequeño maullido, pero veo sus dedos trabajando, frotando el clítoris hinchado, deslizándose en su entrada. Libero mi erección y le doy a mi polla un fuerte tirón. Joder, estoy duro para ella. Separo las nalgas y alineo la cabeza de mi polla con su agujero trasero.

—Respira hondo —digo mientras aplico un poco de presión.

Toma una inhalación gigante, como si estuviera a punto de sumergirse en el agua.

Me río.

—Exhala, cariño. —Presiono suavemente hacia adelante, esperando que sus músculos del esfínter se relajen y me permitan entrar—. Tómame, Miranda. Trabaja ese coño y déjame entrar.

Se relaja más y entro con más facilidad. Un centímetro, luego otro.

Miranda vocaliza un tono, uno largo que comienza y se detiene y comienza de nuevo. Rechino los dientes ante el esfuerzo de contenerme. El sudor se acumula en mi línea del cabello, pero voy despacio, sosteniendo mi peso en mis brazos mientras la lleno y me retiro.

Hay algo tan dominante en tomar su trasero. Es una especie de reclamo, a pesar de que no tengo derecho a reclamar nada. Ningún deseo de hacerlo tampoco.

Excepto que es una mentira. La idea de entrenar a Miranda para que encuentre a otro hombre y le exija buen sexo debería satisfacerme, pero no es así. Me dan ganas de seguirla de regreso a Albuquerque y arrancarle la polla al macho imaginario.

La follo más deprisa, con la respiración entrecortada. Sus sonidos vocálicos se acortan, la voz se eleva.

Mis caderas le golpean el culo mientras la follo más hondo, más fuerte. Miranda mueve sus dedos entre sus piernas frenéticamente.

Se me contraen las pelotas, siento una oleada en la base de la columna vertebral y entonces llego al clímax en un grito y en un estremecimiento. Miranda también grita y se aprieta alrededor de mi polla.

Gruño por el apretón pero eventualmente se afloja, los músculos de su espalda se ablandan, su respiración se ralentiza. Le beso el hombro antes de darme cuenta de la ternura del gesto. De que solo estamos teniendo sexo.

Pero es demasiado tarde. Me relajo y voy al baño a limpiarme y traerle un paño.

No más besos. Nada de mimos. Necesito vigilarme a mí mismo. Mi oso actúa como si hubiera encontrado una nueva pareja, y ese no es el caso en absoluto.

Nunca volveré a aparearme. Especialmente no con una humana.

Capítulo Diez

Miranda
    Tres días encerrada en una cabaña con un salvaje hombre de montaña.

Tres días, con un montañés salvaje y el sexo más ardiente imaginable.

Es algo que no podría haber predicho para este viaje de investigación, pero todo lo bueno tiene un final, y este extraño capítulo ha terminado.

Después de mi educación sexual de ayer, pasamos el rato juntos. Saqué mi tableta y vimos *La Voz*, pero volvimos a dormir en habitaciones separadas.

Hoy el sol ha derretido la nieve lo suficiente como para que Caleb saque su camioneta, y dice que debería poder llevarme de regreso a la cabaña de investigación.

No puedo encontrar la manera de reorganizar mis pensamientos o sentimientos cuando nos vamos. Es como si estuviera teniendo una experiencia extracorpórea, viendo que todo sucede sin contexto ni referencia.

Mientras conduce de regreso, trato de fingir que no soy una mujer nueva, como si él no solo hubiera sacudido mi mundo con sexo feroz o que no hubiese hecho que me enamore de un alma herida pero amable que se esconde detrás de la fachada ruda.

—Bueno, gracias —murmuro cuando la camioneta se detiene detrás de mi Subaru completamente cubierto de nieve—. Por todo.

Caleb apaga el motor y abre la puerta, como si fuera a entrar conmigo.

Vale, no me lo esperaba, pero realmente no hemos definido qué sucederá después.

Oso ladra más allá de Caleb, saltando y corriendo a olfatear cosas. Caleb pone su nariz en el aire y olfatea también, los ojos escudriñan el perímetro de la cabaña.

—¿Qué?

—Solo me aseguro de que nadie haya estado por aquí.

Mi boca se abre con sorpresa, pero también miro los alrededores. No hay huellas en la nieve, todo parece intacto.

—¿Por las mujeres desaparecidas?

Él asiente con la cabeza de manera única y cortante. Tiene las cejas fruncidas, la boca apretada. Este es el hombre que conocí. Sin sonrisa. Serio. Taciturno.

Me pregunto si cree que hay alguna conexión entre las mujeres desaparecidas y la muerte de su esposa. Seguramente no.

—No me gusta que te quedes aquí sola. —De alguna manera, el sentimiento suena diferente viniendo de él que del anciano de la tienda. Mucho más personal. Su preocupación por mí llena mi pecho como calor líquido.

—Gracias, pero estaremos bien. —Miro a Oso.

—Supongo que no hay un teléfono fijo en esta cabaña.

—No. —Me di cuenta de que tampoco tiene un teléfono fijo. Supongo que le gusta estar permanentemente desconectado.

—Si alguien aparece aquí por cualquier motivo, quiero que te subas a tu coche y vayas hasta mi cabaña. ¿Entiendes?

Tengo en la punta de la lengua discutirle, pero Caleb se ve tan hosco que me limito a asentir.

—Vale, gracias.

Su boca se tensa aún más, las arrugas entre sus cejas se profundizan.

No sé cómo me imaginé nuestro adiós: un abrazo, un apretón de manos. Una discusión sobre por qué no intercambiaremos números para un mayor contacto. Pero no fue esto.

Caleb regresa a su camioneta con su aspecto completo de montañés gruñón . Entra y enciende el motor, todavía inspeccionando la cabaña de investigación con el ceño fruncido.

Y es todo.

Se aleja.

Sin abrazos, besos o apretones de manos. Ni *gracias por los recuerdos*. Ni siquiera un *fue placer conocerte*.

Cuando se marcha, me doy cuenta de que debería haberle detenido para agradecerle por salvarme la vida. Y por hacerme cambiar de opinión en cuanto al sexo. Incluso se me ocurre correr detrás de la camioneta y hacerle señas para que se detenga.

Pero no lo hago. No me muevo.

Mis botas permanecen arraigadas a la nieve y me limito a ver cómo se aleja la camioneta, que de alguna manera combina con el aire rudo de su dueño.

Bueno, maldita sea.

No esperaba sentir la pérdida.

A medida que Caleb desaparece por la carretera, es

como si se llevara consigo uno de mis órganos. Alguna parte vital del centro de mi pecho. El vacío se siente casi fatal.

No seas tan dramática, fue solo sexo.

Fue *solo sexo.*

Se me saltan lágrimas de los ojos. No quería más. Ni siquiera quería sexo. Pero ahora que lo he experimentado al estilo Caleb, ahora que he experimentado a *Caleb*, mi existencia solitaria con Oso se siente superficial.

¿Qué estoy haciendo? ¿Trabajando duro para probarme a mí misma ante un grupo de hombres que nunca me verán como su igual porque tengo un par de tetas? ¿Y mis esfuerzos serán suficientes alguna vez? ¿Recibiré el reconocimiento que deseo? ¿O hay algo más en la vida?

Miro a mi alrededor la nieve que brilla en los pinos y a mis pies. El aire es gélido. El olor del bosque provoca un cambio fisiológico en mí. Mi respiración se ralentiza. Los músculos se relajan. La conciencia se expande más allá de la esfera de mi cuerpo. Este bosque, esta montaña, este esplendor de la naturaleza es el significado detrás de todo mi trabajo.

A veces lo olvido. La investigación sobre el cambio climático consiste en proporcionar análisis científicos a los detractores. Trabajo a nivel del suelo para crear más conciencia sobre la situación. No se trata de que yo consiga un puesto titular en la universidad. No se trata de quién es el nombre que aparece primero en un trabajo de investigación, aunque *se* trata de asegurar que la investigación se publique.

Pero también se trata de equilibrio. Tomarse el tiempo para respirar y disfrutar de la increíble naturaleza que aún tenemos en este precioso planeta.

¿Y por qué me hace desear tener a alguien con quien

disfrutarlo? Alguien humano. Y masculino. Y sexy como mil demonios en vaqueros y con tatuajes.

Caleb.

Suspiro.

Odio la forma en que terminaron las cosas.

Tal vez regrese a su cabaña para agradecerle adecuadamente antes de marcharme de la montaña.

Sí. Ese pensamiento me anima. Tal vez le hornee galletas como agradecimiento. O *muffins* de arándanos.

Oso trota a mi lado moviendo la cola.

Formo una bola de nieve y se la arrojo. Corre y la atrapa, pero por supuesto, se desmorona en su boca. Me río, ignorando el deseo errante de que Caleb estuviera aquí para tener una batalla de bolas de nieve.

Tengo el bosque. Tengo a Oso.

Y voy a hacer *muffins* de arándanos para Caleb. Luego tendré que descubrir cómo llenar el nuevo vacío que tengo en mi vida.

Pero puedo hacerlo. Soy buena dándole a mi cerebro un juguete para masticar. Un problema para resolver mientras tomo el resto de las muestras.

Entro y me cambio de ropa. Y luego no hay nada más que hacer que volver a salir y terminar de recoger las muestras de anillos de árboles.

* * *

Sujeto de prueba 849

Hembra humana.

Ha vuelto. La vi pasar en la camioneta del oso. Le vi irse solo.

Eso significa que ella está sola. A solas con el perro. Debería haber matado a ese perro cuando captó mi olor en el bosque. No volveré a cometer ese error.

Hoy la capturaré. Tal vez haya sido preñada por el oso, lo cual me daría inmensas oportunidades para la investigación.

Una combinación genética de metamorfo y humano. Debería lograr que el oso se someta a estudios de apareamiento como se hizo con esos leones.

No, demasiado peligroso.

El oso podría arriesgar la investigación como lo hizo el león.

Como lo hizo el león cuando liberó a todos.

Déjame salir.

Déjame salir a sufrir.

Ese león debe ser capturado. ¿Cómo se llamaba?

Nash el león.

Es un león como se suponía que yo era un oso.

Pero algo salió mal.

Terriblemente mal.

Y ahora no soy nada. No soy humano. No soy oso.

La investigación debe continuar. Debo encontrar la cura.

* * *

Caleb

Si hubiera una píldora para volver a caer en hibernación —la hibernación de un oso de verdad, no la de un metamorfo de oso—, la tomaría ya mismo.

Quiero olvidarme de todo lo que sucedió en las últimas

cincuenta y seis horas y dormir.

No, eso no es cierto.

Mi cuerpo se siente muy bien. El oso también. Alerta. Vivo. Listo para retozar. Es solo mi lado humano el que quiere meterse en un agujero y taparse la cabeza. Y eso es debido a la pesadez en la boca del estómago por dejar a Miranda en esa cabaña. La culpa por no querer dejarla y la protección primordial que me hace pensar que ella no está a salvo allí sola.

Si pudiera resolver esta retorcido dilema de emociones, diría que parte es la culpa de traicionar la memoria de Jen, y la otra, por extrañar a la peculiar científica, que sin miedo me entregó su cuerpo y luego se alejó. Pero ambas partes se preocupan por su seguridad.

He vuelto al punto donde empecé cuando la vi conducir: necesito tener la certeza de que ninguna otra hembra desaparezca en mi bosque. Especialmente ella.

Voy a destrozar este bosque si algo le sucede.

Nunca me recuperaría.

El sabor metálico del miedo me llena la boca.

No es real. La amenaza no es real. Estás reaccionando exageradamente por lo que les pasó a Jen y Gretchen.

Pero la amenaza es real.

Tres humanas desaparecieron. Sus cuerpos aún no se han encontrado.

Un gruñido llena mi camioneta; mi visión se agudiza como si estuviera a punto de transformarme en mi animal.

Bueno, tal vez una carrera en forma de oso me daría ventaja. Podría husmear y asegurarme de que no haya nada malo al acecho; patrullar el área donde Miranda estará trabajando. Podría protegerla fácilmente en forma de oso. Tengo el pelaje cálido y la energía abundante ahora que estoy completamente despierto.

Aparco la camioneta en mi cabaña y entro para quitarme la ropa. La piel me pincha, la carne se calienta en anticipación al cambio. El oso está ansioso por salir.

Entonces vamos.

Tampoco puedo esperar. Necesito volver con Miranda. Acercarme lo suficiente para olerla. Saber que está a salvo.

Salgo al porche con los pies descalzos y cierro la puerta. En un instante quedo en cuatro patas, surcando los árboles de la cresta de la montaña y alrededor del río.

Necesito encontrar a Miranda.

Llego al área donde me ha dicho que recolectaría las muestras. Reconozco sus huellas y su olor junto con el del perro. Entoces capto otro olor que me estremece, es similar al del ganado cuando lo marcan con hierro.

Huele a el mal.

El olor del mal. Un almizcle animal antinatural. Extraño y de alguna manera equivocado.

Exactamente el mismo que capté alrededor de los cuerpos de Jen y Gretchen.

¡Joder, joder, joder!

He estado buscando este rastro durante tres años, pero ahora que lo he encontrado, el miedo me paraliza porque está cerca de Miranda. Me abro paso entre los árboles a toda velocidad. Los osos pueden correr más deprisa que un caballo de carreras en distancias cortas, y probablemente me muevo a sesenta kilómetros por hora.

Me detengo cuando percibo el aroma de Miranda, pero no el olor del mal.

¿Cuál sigo? Ir hacia Miranda como mi oso de dos metros la asustará, pero al menos sabría que está a salvo. Por otro lado, si encuentro la fuente del mal, puedo eliminarla para siempre. No tendré que ser el guardián de todas las mujeres que visitan estos bosques.

Doy vueltas y vuelvo sobre mis pasos, buscando el rastro.

Allí.

Ahí está.

Abajo junto al río.

Joder. Camufla su olor en el agua. Tal vez así sea como se me escapó durante tanto tiempo.

Río arriba, oigo ladrar al perro. Mis oídos me llevan en esa dirección, escuchando el tono de la corteza al crujir.

Joder, el perro está asustado. Me dirijo hacia la dirección del ladrido y me quedo en el borde de la orilla del río, oculto entre los árboles.

Miranda grita.

Su perro aúlla de dolor.

—¡Oso! ¡Oso, no! ¡Dios mío!

Veo dos cosas a la vez: el cuerpo oscuro de un animal arrastrado río abajo y la silueta de Miranda corriendo a lo largo de la orilla en mi dirección.

—¡Oso! —El chillido espeluznante del miedo en su voz me pone nervioso.

El río fluye a raudales bajo la superficie helada y el pobre animal pasa junto a mí antes de que pueda decidir quién necesita ser salvado.

Rujo y cargo por la empinada orilla del río. Miranda vuelve a gritar. Me detengo a mirar por encima del hombro, solo para darme cuenta de que grita por mi culpa. Ahora cree que voy a la caza de su perro.

Joder. Más segundos perdidos. Corro por la orilla hasta que me he adelantado al perro, luego me zambullo en el agua, bloqueando el cuerpo del animal para que no vaya más lejos.

No es fácil, pero me pongo de pie en las rocas resbaladizas y me paro, recojo al perro agitado y lo arrojo a la orilla en un solo movimiento.

Sin embargo, el rescate llega demasiado tarde, Miranda en la orilla pierde el equilibrio y se sumerge en el agua con un grito.

Joder, joder, joder.

No.

Esta mujer está decidida a morir bajo mi vigilancia.

Grito un rugido que resuena en las orillas del río y sacude todo el bosque. Miranda emerge para tomar aire, luchando por sujetarse a un tronco caído antes de ser arrastrada por la corriente.

Lucho contra las corrientes para vadear río arriba y salvarla. El agua me llega a la cintura y me congela las extremidades inferiores.

—¡Miranda! —Al menos intento gritar *Miranda*. Por supuesto, no sale como una palabra, sino como otro terrible rugido de oso.

Su grito divide el aire por segunda vez mientras se aferra al tronco con los labios azules, los ojos muy abiertos de terror ante mi acercamiento.

* * *

Miranda

Un ataque de oso. *¡Ataque de oso!* Este oso jodidamente loco viene a por mí.

Pienso en todas las posibilidades que se supone que se deben considerar si te encuentras con un oso. Ninguna es aplicable en esta situación. Nadie dijo qué hacer si se está en medio de un río helado en pleno invierno y un oso enbravecido que no hiberna piensa que eres un gigantesco salmón.

Hiperventilo a medida que se aproxima. Intento acurrucarme y pasar por muerta, pero todo mi cuerpo tiembla de frío; no puedo protegerme la cabeza o el cuello porque tengo que aferrarme al tronco o seré arrastrada río abajo. Las manos apenas aguantan y pierdo el agarre justo cuando llega.

Tal vez sea una bendición, tal vez pase lejos del oso. Por supuesto, eso probablemente signifique que moriré por el agua congelada.

El oso se inclina y me atrapa en un arco. Como si pescara su cena de las corrientes. Sin embargo, las garras no me hacen daño. Tampoco me muestra los dientes o ruge. Lo juro por Dios, me levanta acunada y camina fuera del río. Es un agarre tan humano que me pone completamente nerviosa.

El corazón me late frenéticamente, estoy demasiado aturdida para reaccionar. No sé si tener miedo o celebrar que un oso me ha rescatado del agua helada.

¿Pero para qué?

¿Realmente fue un rescate o soy su presa? Recupero el ingenio e intento escaparme de los brazos del oso, pero aprieta el agarre, resopla y me mira con sus ojos ámbar.

Me congelo. El hocico negro está a centímetros de mi nariz. El aliento caliente me da en la mejilla.

No estoy segura de si respiro. Yo misma quiero volverme invisible.

Pero luego olvido los temores por mi propia seguridad.

—¡Oso! —Veo a mi perro corriendo hacia nosotros, con la cola metida entre las patas, el cuerpo sacudiéndose por la humedad y el frío—. Oh, mi bebé. ¿Estás bien? Gracias a Dios, estás bien.

Y luego la conciencia me golpea como un rayo. El oso, el oso real, no mi perro, salvó Oso. Salvó a Oso y luego me salvó a mí.

Este oso no está loco. Es muy inteligente. Y es bastante rápido en dos piernas.

Me quedo quieta, asombrada por los acontecimientos. Este increíble y gigantesco oso negro rescató a una humana y un perro de la muerte.

Siento que estoy presenciando una de esas raras escenas de vida silvestre, como cuando los elefantes son captados en vídeo recogiendo basura con sus trompas.

El oso camina torpemente sin bajarme. Mi perro lo sigue, manteniendo una gran distancia y sin desafiarle.

La emoción me invade. El miedo también, pero estoy demasiado fascinada por este oso. Por este milagro. Realmente siento que es una señal. Sobre mi vida, mi futuro. Soy una científica, pero siento que la Madre Naturaleza me ha bendecido en este momento porque renové mi compromiso de salvar la Tierra.

Pero entonces las cosas se ponen aún más extrañas.

Me doy cuenta de que el oso va directamente a mi cabaña de investigación.

¿Qué?

Me deja de pie justo delante de la puerta y me aprieta contra ella, con su aliento caliente en mi cuello. Los escalofríos me recorren la espalda.

—No te asustes —dice una voz.

Grito. Casi me hago pis en los pantalones. Me giro y veo a Caleb justo detrás de mí, con la mano en el pomo de la puerta. Y está... *desnudo*.

Cuando empuja la puerta para abrirla, me hace entrar. Oso se apresura detrás de mí.

—No te asustes, Miranda.

—Es descabellado —balbuceo—. Totalmente descabellado.

¿A dónde se fue el oso? ¿Estoy alucinando? ¿Son las visiones un efecto de la hipotermia?

—Tienes que dejar de intentar morir bajo mi vigilancia —murmura.

—¿Dónde está el oso? ¿Viste un oso?

—Sí. Yo soy el oso. Soy un metamorfo. ¿Vale? Vamos a meterte en la ducha. Dime que tienes agua caliente en este lugar. —Me empuja hacia el baño. ¿Mencioné que su desnudez y la polla está a tope?

—Um. Vale. ¿Qué es un metamorfo?

Caleb se pone manos a la obra y corre de un tirón la cortina de la ducha, luego pone la temperatura del agua al máximo. Me esfuerzo por quitarme las botas y los calcetines empapados.

—Un metamorfo es como un hombre lobo. En mi caso, un hombre oso. ¡Perro, ven aquí!

—Su nombre es Oso —interrumpo cuando me doy cuenta de lo ridículo que debe parecerle eso a Caleb. *Quien aparentemente es un oso.* Empiezo a reírme.

El salmón y la trucha. Los arándanos. La miel. Hibernación para el invierno.

¡Caleb es un oso!

No, esto no puede ser. Estoy alucinando. Totalmente.

Mi perro le obedece y ahora entiendo por qué. Sí, supongo que un oso supera a un perro en el orden natural. Me río un poco más. Me río tanto que no puedo quitarme los pantalones. Oh, eso también puede deberse a que me tiemblan las manos y los dedos todavía están entumecidos. Estoy delirando.

La hipotermia debe de haber aparecido realmente, si

pensé que Caleb era un *oso*. Un oso negro gigante que me sacó del gélido río Pecos.

Caleb arrastra a Oso bajo la lluvia de la ducha y luego se gira para ayudarme a quitarme la ropa mojada.

—Pensé que eras un oso —me río—. Cuando me rescataste.

Caleb frunce el ceño.

—Estás perdiendo la cabeza, doctora. Te dije que no enloquecieras.

Dejo de reírme y parpadeo ante él.

—¿Esto ha sucedido realmente? ¿Eres un oso?

Caleb frunce los labios, pero asiente.

—Entonces, cuando hay luna llena ... —digo, levantando las cejas hacia él.

—No, eso de la luna llena es una mierda. Los osos cambiamos a voluntad. Y no cazamos humanos en nuestra forma animal. Nunca.

Me quedo boquiabierta en estado de conmoción, pero mis manos se extienden para tocarle el pecho esculpido, como si estuviera verificando que todavía se siente como un hombre. Paso las yemas de los dedos sobre los músculos tensos, los tatuajes. Él atrapa la parte posterior de mi cabeza en su enorme palma.

—¿Un oso? —susurro todavía sin creerle, aunque lo vi con mis propios ojos.

La expresión de Caleb sigue siendo tensa, la mirada más bien brillante.

—¿Tienes miedo?

Sacudo la cabeza, mi cabello mojado le lanza gotas de agua helada.

—Estoy extasiada —murmuro. Un escalofrío más violento se apodera de mi cuerpo, así que me libera y me empuja bajo el agua de la ducha. Me quedo sin aliento ante la quemadura del agua tibia en mi piel congelada.

—Fuera, perro. —Caleb chasquea los dedos y Oso se escabulle con la cabeza inclinada en sumisión. Luego le frota a Oso una toalla.

—¿No deberías ducharte tú también?

No responde al principio, todavía ocupado secando a Oso. Miro por el hueco de la cortina de la ducha. Cuando le da a Oso una caricia extra, frotándole los lados de la cara y las orejas, se me derrite el corazón.

—Si entro allí, te voy a follar duro —retumba la voz de Caleb después de un momento.

—Um, sí, me di cuenta de tu... mmm...

Abre la cortina de la ducha y entra. Sí, su polla todavía está por las nubes. Gruesa, veteada, hermosa.

Sin pensar, simplemente me arrodillo y la agarro.

Caleb suelta un largo suspiro y apoya una mano en la pared.

—¿Te gusta dar mamadass? —Su voz es tan grave que tengo que esforzarme para descifrar las palabras.

Pongo los labios alrededor de la punta de su polla y giro la lengua debajo.

—Por lo general, no —digo cuando la saco—. Pero no todos los días un hombre oso salva a mi perro y me saca de un río helado, antes de tener una horrible muerte por congelación. —Otra vez le envuelvo los labios en su erección y la llevo más profundamente ahora.

Es cierto, nunca me ha apetecido dar felaciones. Siempre me pareció un poco asqueroso pero en este momento me pone a mil, deseando gratificar a este hombre que ha hecho tanto por mí. Le llevo más y más hondo, jugando con lo lejos que puedo tomarle, antes de que llegue al fondo de mi garganta.

Dios, supongo que con mis parejas y relaciones pasadas, estuve tan ocupada levantando muros y defensas para evitar que me hicieran daño, que nunca fui capaz de dar. Con Caleb, no hay expectativas. De ninguno de los dos. Es como si pudiéramos *estar* juntos. Podemos abrirnos, recibir y dar sin preocuparnos por lo que nos depare el destino.

¡Y *vaya, es un oso!* Todavía no puedo procesarlo. Un millón de preguntas revolotean por mi cerebro, pero de momento todo lo que me importa es darle placer. Me entusiasma sobremanera saber que le excito.

Voy tan lento como puedo, intentando reprimir el reflejo nauseoso para llevarle más allá de la garganta. Deja escapar un largo gemido que resuena en las paredes de la ducha.

Tomo sus bolas y las masajeo con una mano, agarrando la base de su polla con la otra. Ya me duele la mandíbula de abrirla tanto, pero no voy a parar hasta que Caleb se corra. Necesito demostrarle plenamente mi agradecimiento, y esta es una forma que conozco de hacerlo.

Todo el frío desaparece de mi cuerpo. El calor se infunde mi piel tanto por el agua tibia como por mi núcleo en erupción.

—Hermosa —murmura Caleb—. Jodidamente hermosa. —Me agarra la nuca y me insta a aplicar más ritmo.

Mis problemas de control surgen por un instante, como si tuviera que luchar por mi soberanía, pero luego miro hacia arriba y veo la necesidad salvaje en su rostro. Como si le doliera la lujuria. Como si fuera a morir si no le chupo más fuerte. Más deprisa.

Así que lo hago. Mis caderas se agitan cuando el coño se aprieta alrededor de nada. Le doya Caleb todo lo que tengo y más. Chupo, cierro los ojos y me rindo al momento. Es éxtasis. Éxtasis de dar. Ni siquiera recibir.

Me encanta. Amo cada segundo. Y cuando Caleb ruge —un rugido supremo del bosque que sacude toda la cabaña —, me estremezco del puro placer de liberarle.

Suelta el simiente en mi boca en chorros calientes de esencia salada. Ojalá pudiera decir que soy lo suficientemente experta como para tragarlo, pero me sorprende y me produce algunas arcadas.

Caleb se ríe.

—Escupe, cariño.

Escupo en el piso de la ducha y el agua lo lava. Me río, limpiándome la boca con el dorso de la mano.

—Lo siento. No soy experta.

Me levanta para ponerme de pie y estampa su boca sobre la mía.

—¿Estás bromeando? —respira cuando rompe el beso—. Esa fue la definición de experta. Me besa de nuevo y me derrito.

Dios. Qué mal. Ya me había enamorando completamente de este hombre antes de descubrir que era metamorfo de oso.

Y ahora mi fascinación por él simplemente se fue por las nubes.

* * *

Caleb

Miranda lo sabe.

No hubo forma de evitarlo. Tuve que asegurarme de meterla a resguardo para que le subiera la temperatura antes de que se produjera la hipotermia. Otra vez.

—Escucha. —Salimos de la ducha y le doy una toalla—.

Se supone que los humanos no deben saber de los cambiantes.

Miranda me mira con los ojos muy abiertos. Puedo decir que está conmocionada, lo cual entiendo. Es una científica. Una ecologista. Demonios, se maravilló al verme cuando pensó que yo era solo un oso. Apuesto a que su cerebro inteligente, amante de la naturaleza, se está volviendo loco por esto.

—Me llevaré tu secreto a la tumba —respira con tanta reverencia que tengo que luchar para no sonreír.

—Tienes que hacerlo. Nunca me habría mostrado si tu vida no hubiera dependido de ello.

La forma en que me mira es inquietante. Tanta gratitud y afecto en esa mirada.

Y correrme en su boca apenas me bajó la erección. Mi oso se ha irritado por casi perderla. La agresividad todavía es latente en mí. Necesito alejarme antes de ponerla de golpe contra la pared del baño y follar su coño sin piedad esta vez, pero me envuelvo una toalla en la cintura, salgo del baño y echo más leños a la chimenea. Su perro ya se ha acurrucado cerca de allí, es un manojo de pelaje húmedo que se calienta.

—Ve al dormitorio —le ordeno a ella. Le robo una mirada esperando que me discuta como suele hacerlo, pero solo sonríe y se ruboriza. Como si me acabara de delatar. Lo cual supongo que hice.

No puedo fingir que casi perdí los estribos cuando la vi caer al río. Joder, pensé que moriría, ciertamente.

Voy tras ella. Me acerco demasiado como para mantener espacio entre nosotros. Está a punto de recibir la follada de su vida.

Cuando se da vuelta, deja caer la toalla como si me estuviera esperando. Tiene los ojos brillantes, las mejillas enrojecidas.

Avanzo con toda la furia de casi haberla perdido. Ella debe de verlo en mi cara porque da un paso atrás. Sin embargo, todavía me desea. Tiene los pezones lo suficientemente duros, su excitación ha estado goteando desde el momento en que llegamos a la cabaña y vio mi interés en la erección extremadamente dolorosa.

—Detente —gruño, aprisionándola hasta que se golpea las rodillas con la cama y cae hacia atrás—. No quiero rescatar tu trasero de ventiscas o ríos, incendios o accidentes automovilísticos, o cualquier otra situación que amenace tu vida. ¿lo entiendes?

Aplana las manos sobre mi pecho, los labios se estiran en una sonrisa.

—No deberías estar sonriendo. —Miro fijamente su hermoso rostro, cubriendo su cuerpo con el mío. La toalla se me afloja alrededor de la cintura, cayéndose. Arranco la tela de entre nosotros y apoyo mi virilidad en la cuna de sus piernas.

—¿Qué va a pasar? —Suena sin aliento. Tiene las pupilas muy dilatadas.

—Te voy a follar hasta la locura. —Le envuelvo una mano alrededor de la garganta, amenazante, pero no aprieto los dedos. Agita las caderas, meciendo su hendidura sobre mi polla.

Le suelto la garganta y sacudo uno de sus exuberantes senos, haciendo que rebote y rebote.

Abre los ojos conmocionados, los labios se separan.

—Voy a castigarte.

Deja escapar un gemido bajo, meciéndose de nuevo y asalto el mismo seno.

—Primero voy a ocuparme de tus tetas. Luego voy a

atacar tu coño. Entonces te voy a follar hasta mañana. ¿Entendido?

—Vale —dice suavemente.

—¿Sí? —Mi expresión sigue siendo severa, pero lucho con una sonrisa ante su completa rendición. Sé que no es por miedo. El aroma de su excitación impregna la habitación.

Le doy una palmada en el otro pecho.

—Sí. Date la vuelta. —Me inclino hacia la derecha para que pueda girarse sin enredar sus piernas en las mías. Cuando queda boca abajo, tiro de sus caderas en el aire hasta ponerla sobre sus rodillas, luego la sujeto por la nuca y le empujo el torso hacia abajo.

El sonido de la primera bofetada en la nalga y el agudo jadeo resuenan por la habitación. La vuelvo a azotar en el mismo lugar, luego le doy dos golpes más a la otra nalga. Mis huellas rosadas florecen en su piel pálida.

El deseo se dispara en mí, casi se me bajan los dientes para una mordida de apareamiento. En cambio, agarro sus caderas y la embisto profundamente, sin más preámbulos.

Miranda grita. Gime. Ronronea. Me deslizo hacia adentro y hacia afuera, lentamente, varias veces, para asegurarme de que esté lubricada, luego voy al límite. Necesito follarla fuerte y rápido. Tengo que liberar la agresividad en mí, sacar de mi organismo mis miedos por ella. Le clavo los dedos en las caderas y me olvido por completo de cómo ser un amante gentil. No hay nada de gentileza en esto. Es puro, crudo, animal. Le golpeo el trasero con la fuerza de mis caderas, chasqueando el clítoris con cada embestida.

Los pequeños gruñidos y gemidos que emite solo me vuelven más rudo, más salvaje. Follo, follo y follo hasta que ella es un desastre, hasta que grita mi nombre con extrema necesidad.

—Más. Casi te mueres —gruño, luego follo tan deprisa que sus rodillas se deslizan y ambos caemos hacia adelante. Su coño aprieta mi polla mientras me asiento profundamente en ella y alcanzo el clímax; mis ojos giran hacia atrás en mi cabeza, los dientes se afilan.

Retrocedo para evitar darle una mordida de apareamiento en la nuca y la lanzo lejos con otro fuerte empujón.

Ella llega al orgasmo, apretando y soltando mi polla en pequeñas ráfagas cortas y sexys que siguen y siguen y siguen.

Cuando mi visión finalmente se aclara y los dientes se retraen, me dejo caer encima de ella, con mi polla aún enterrada profundamente, y le acaricio el cuello.

—Oh, Dios mío, Caleb.

Meto mi mano debajo de sus caderas y froto el clítoris, ella vuelve a ahogarse, ahogándose en un sollozo.

* * *

Miranda

Caleb se ha corrido dos veces y su polla todavía está dura. Me hace rodar hacia un lado y palmea mi pecho, su hombría todavía me llena. Nuestras respiraciones jadeantes se sincronizan mientras juega con un pezón, apretándolo y tirando de él meciéndose lentamente dentro y fuera de mí.

Dejo escapar un suspiro de satisfacción.

Vaya.

Esto *sí* que es buen sexo.

No puedo fingir que el hecho de saber que Caleb se ha preocupado por mí no aumentó la intensidad. Hizo de su ferocidad alguna forma de purificación. Su agresividad es una bendición.

Permanecemos en silencio durante bastante tiempo. Después de un rato, mi cerebro vuelve a ponerse en línea con un millón de preguntas.

—¿Tu esposa y tu hija? ¿Eran...?

—Cambiantes, sí.

—¿Entonces un oso las mató?

—No lo sé. El olor no coincidía con el de un metamorfo oso, pero las marcas de garras lo parecían. Sin embargo, ningún oso común podría haber derribado a mi compañera. Las cambiantes son más grandes y más fuertes que nuestras simples contrapartes animales. Somos como superanimales.

Me tomo un momento para asimilarlo, muy consciente de cuánta angustia le causó este crimen sin resolver, y que todavía le causa dolor a Caleb. Le ha costado su cordura.

—Estuve en Tucson el mes pasado, para una pelea. —Me pellizca un poco más el pezón. Es duro, casi cruel. Nunca pensé que me gustaría este tratamiento, pero lo disfruto. Me encanta—. Capté un aroma allí que me lo recordó. No era el mismo, carecía de los matices del oso. Pero el olor de base era similar. Como si fuera el de una especie de cambiante mutado. No lo sé.

—¿Pero era un humano? Quiero decir, ¿alguien en forma humana?

—Sí. Un grupo de tres tipos. Pero no me quedé para averiguar más. Y mi teléfono no funciona aquí. He estado furioso todo el mes por no saber más.

—¿Podrías conducir a Pecos para llamar?

Caleb se aleja de mí y rueda sobre su espalda, mirando hacia el techo.

—Joder —murmura.

—¿Qué?

Se acaricia la barba.

—No sé qué diablos me pasa. Debería haberlo hecho hace semanas.

Tengo un poco de miedo de tocarle ya que se alejó y está molesto por su familia muerta, pero pongo una mano sobre su abultado bíceps.

—Deja de castigarte, Caleb. Puedes hacerlo mañana. Esta noche, si quieres.

Caleb desliza una mirada de reojo hacia mí.

—Sí. Sí, supongo que sí. —Su voz es áspera—. Mañana. —Él vuelve a su lado—. ¿Miranda? —Me tira de la cadera para girarme y enfrentarle—. ¿Viste algo en el bosque hoy? —Su expresión me asusta. Supongo que es porque veo aprensión en su rostro, como si su peor pesadilla se estuviera haciendo realidad.

Sacudo la cabeza.

—No, ¿por qué?

Se frota la barba con una mano.

—Olí algo. ¿A qué le ladraba Oso?

Hago memoria, intentando recordar la forma en que se sucedieron los acontecimientos.

—Corrió hacia la orilla del río. Lo escuché ladrar y no vino cuando lo llamé, lo cual es extraño para Oso. Cuando llegué a la orilla del río, lo vi caer.

—¿Caer? ¿Se cayó? —Caleb duda, y mi corazón comienza a latir más rápido. ¿Crees que alguien arrojó a Oso?

Me muerdo el labio inferior, considerando lo que vi.

—Oso se cayó. Eso es lo que vi, Caleb.

Caleb vuelve a caer sobre la almohada. No puedo definir si está decepcionado o aliviado. Calla durante mucho tiempo mientras rebusco en mi mente qué decirle.

—A veces no estoy seguro de qué es real y qué es estrés postraumático —murmura.

—¿Qué? —Me apoyo en un codo.

—Perdí los estribos después de que mataron a mi familia. Me convertí en oso y me quedé así. La parte humana se pierde, el animal se vuelve extremadamente peligroso.

Las lágrimas aparecen en mis ojos por el dolor que soportó. Me tapo la boca con horror.

—Lo siento mucho, Caleb.

Parpadea rápidamente.

—A veces ... —Su voz sale quebrada y áspera—. A veces me confundo con lo que pasó. Me pregunto si yo las maté.

Las palabras de Caleb me sacuden como una pistola Taser. Por un momento horrible me siento como si estuviera en una película de terror, y creo que estoy en la cama de un asesino. Y luego sé, *sé* con toda certeza, que no lo es.

Esta vez, no dudo en tocarle. Agarro su brazo y lo aprieto.

—No fuiste tú —digo las palabras claras y fuertes—. Caleb. —Espero hasta que me mire—. No las mataste. ¿Estabas confundido antes de su muerte?

Sacude la cabeza.

—No, todo era normal entonces.

—Correcto. Ahora estás confundido porque pasaste demasiado tiempo en forma de oso estando de duelo. Y luego tu confusión se proyectó atrás en el tiempo. Eso es lo que pasó.

Él fija la mirada conmigo con la expresión intensa, como si estuviera diciendo las palabras que deletrean su salvación.

—¿Cómo lo sabes? —murmura.

Solo sacudo la cabeza.

—Te conozco. No eres un asesino. Eres considerado, generoso, profundamente humano, sin importar lo que sucedió después de la tragedia. Nunca, nunca le harías daño a tu familia. Te conozco desde hace tres días y estoy convencida de eso.

Un brillo de lágrimas llena los ojos de Caleb y se lleva un brazo al rostro.

Le aprieto.

—Está bien llorar. Está bien enfadarse, buscar respuestas y justicia. Cuanto más lo haces, más recuperas tu humanidad. Volverte contra ti mismo, esconderte y ser tu animal, o hibernar todo el invierno... eso te aleja. —Termino la última parte suavemente, porque estoy un poco nerviosa acerca de cómo recibirá mi opinión—. No juzgo cómo te has afligido, en absoluto. Solo digo... Tal vez puedas honrar a tu familia trabajando para resolver el misterio. Viviendo.

Un sollozo quebrado brota de Caleb, y me sorprende cuando rueda hacia mí, me abrazarle en mi pecho y llora.

Las lágrimas también surcan mi rostro, entonces lloro por su pérdida, por su dolor. No puedo ponerme celosa del dolor por su compañera muerta porque, en este momento, somos uno. Su agonía es la mía. Su pérdida, es la mía.

Entrelazo los dedos en su cabello y le masajeo el cuero cabelludo hasta que haya terminado de llorar.

Sigo hasta que su respiración se ralentiza y su enorme cuerpo se relaja en el sueño.

Capítulo Once

aleb
Me despierto como si hubiera estado en hibernación. Me lleva mucho tiempo averiguar dónde demonios estoy.

La cabaña de investigación.

La experiencia cercana a la muerte de Miranda.

Cielos, ¿cuánto tiempo dormí?

Me levanto de la cama solo para recordar que no tengo ropa aquí. Bien. Espero que no le importe la erección matutina.

Encuentro mi camino al baño, orino y me enjuago la boca. En este momento, me doy cuenta de que la cabaña huele deliciosamente, como cuando se hornea pan dulce.

Me envuelvo una toalla alrededor de la cintura y me dirijo a la cocina. Miranda está sentada detrás de su portátil, mirándome con una conmovedora preocupación. El recuerdo de lo que compartí con ella anoche vuelve como un dolor sordo.

—Buenos días —murmuro—. ¿Qué día es? Me siento como si acabara de dormir durante meses.

—Solo fue una noche. Sin embargo, fueron unas dieciséis horas. ¿Cómo estás?

Considero.

—Mejor. —Me froto la barba—. Fue bueno hablar. Siento que he pasado por el escurridor, pero salí del otro lado sin tanto equipaje, si eso tiene algún sentido.

Ella levanta sus inteligentes ojos verdes hacia los míos.

—Sentido perfecto. —Se levanta, sirve una taza de café y me la entrega—. No tengo mucho para comer aquí, pero te estoy haciendo *muffins* de arándanos. Ya sabes, por salvarme la vida una vez más.

Me acerco a ella y tiro de su silueta dócil contra la mía, le beso la parte superior de la cabeza.

—Eso es dulce de tu parte.

El perro golpetea el suelo con su cola negra y peluda.

—¿Cómo estás, perro?

Oso se pone de pie y corre hacia mí moviendo la cola.

Me siento en una silla y tomo la cabeza del perro en mis manos, frotando su cara y alabándolo.

—Eres un buen chico, ¿no? ¿Somos amigos? ¿No le temes demasiado a mi oso?

Oso gira la cabeza para lamer mi mano.

Levanto mi mirada hacia Miranda.

—¿Qué hay de ti? ¿No te asustaste?

Ella sacude la cabeza.

—Me encanta. Y prometo que nunca, nunca le diré una palabra a nadie. No traiciono a mis amigos. —Vacila con la palabra *amigos,* y tengo que reprimir los silenciosos impulsos de mi oso para reclamarla.

Ella no es reclamable.

Es una humana.

Soy un metamorfo.

Tiene su investigación.

Vive en Albuquerque.

Todavía estoy de duelo.

Excepto que la afilada daga de dolor que ha estado entre mis costillas desde que Jen y Gretchen murieron ya no está allí hoy. Me he aliviado, solo siento un dolor sordo.

Miranda. Y no solo porque me consoló anoche, aunque contribuyó en gran medida a sanarme el alma rota. No, es por el sexo y la risa. Por el compañerismo. Y sí, por la amistad.

Y *por amor,* susurra mi oso.

Amor.

Joder. No soy capaz de amar de nuevo.

No, no puedo perseguir esto.

Me aclaro la garganta.

—Gracias. Eso es extremadamente importante, Miranda. Aprecio tu respeto por nuestro secreto.

—Por supuesto.

Yo le creo. Me honrará en esto, estoy seguro de ello.

Su teléfono suena cuando se acerca al horno y retira los *muffins.* Mi estómago retumba.

—Espero que hayas hecho más de una placa, porque yo solo me voy a comer los doce —le advierto.

Su risa es musical y mágica. Llena la habitación e ilumina los rincones de mi alma que no han escuchado risas en años.

—Adelante. Todos son para ti. Me ofrecería a hacerte la cena, pero realmente no tengo provisiones aquí.

Retiro un panecillo caliente de la placa y lo tiro de una mano a otra para enfriarlo.

—Esto servirá. Me encantan los arándanos.

Ella se ríe de nuevo.

—Me di cuenta. Y ahora sé por qué.

Me meto medio *muffin* en la boca.

—¿Por qué? —pregunto con la boca llena.

Ella pone los ojos en blanco.

—Comida de osos.

—Oh, sí. —Esbozo una tímida sonrisa y devoro la otra mitad del panecillo mientras saco un segundo de la placa.

—¿Con qué frecuencia te conviertes en oso? —me pregunta, mirando mi torso desnudo como si fuera un postre. Será mejor que deje de mirarme así, es como Donkey Kong.

Me encogo de hombros.

—No lo sé. ¿Una vez a la semana? ¿Una vez al mes? Depende de lo que quiera hacer.

—¿Qué estabas haciendo ayer?

—Vigilándote. ¿Cuándo vas a terminar esta investigación para que pueda volver a hibernar? —Demonios, no es como si yo sonriera, pero sonrío para que ella sepa que no soy un completo imbécil. Por mucho que haya sido una interrupción en mi vida, la extrañaré cuando se vaya.

El brillo de su rostro se atenúa.

—Mi tableta se arruinó con el agua, así que perdí todo el trabajo que hice en tu casa. Al menos no lo perdí todo. En realidad, estaba resignada antes de que me salvaras. Así que todavía tengo mis muestras. Necesito uno o dos días más para terminar de recolectar y luego puedo regresar. —Su voz se estrangula al final, como si irse también le diera pena. No es mi intención, pero le llamo la atención, y los dos cruzamos miradas, incólumes por lo que no se dice entre nosotros.

—Tengo que irme —le digo—. Voy a ir al pueblo a hacer esa llamada telefónica de la que hablamos. Te veré cuando termine, para asegurarme de que estés a salvo. Mantén a Oso cerca de ti en todo momento. Más cerca que ayer, ¿entiendes?

—Um... pero estás desnudo. —Mira la toalla alrededor de mi cintura.

Me meto otro panecillo en la boca.

—Voy a transformarme en mi animal. ¿Quieres mirar? —Sonrío porque sé que lo quiere. Mi oso está presumiendo ahora.

—Oh, Dios mío, sí. —Miranda me sigue al exterior. Vuelvo a tragar un panecillo más antes de cerrar los ojos y rendirme al animal que hay en mí. Los pensamientos se dispersan. La capacidad de razonar disminuye. Los instintos se agudizan. Dentro de mi cabeza, sigo siendo yo, pero diferentes partes de mi cerebro se activan. Es como si tuviese superpoderes cuando se está ebrio.

Caigo en cuatro patas y subo por los escalones de la cabaña, poniendo las patas delanteras en el escalón superior donde se encuentra Miranda, que respira hondo. Levanto el hocico para mirarla a la cara. Su expresión no tiene menos asombro que las dos primeras veces que me vio. Tentativamente extiende la mano, pero se frena a mitad de mi cabeza, como si estuviera demasiado asustada para tocarme.

Bajo la cabeza y la golpeo suavemente.

Se ríe con la mano aterrizando en mi cabeza. Me acaricia los lados de la cara, cantando suavemente:

—Dios mío, eres magnífico. Tan bello. Tan impresionante.

La dejo disfrutar de mi oso unos minutos más, luego giro y me alejo. Su jadeo de respuesta resuena en mis oídos mientras corro hacia mi cabaña.

* * *

Caleb

. . .

Conduzco hasta Pecos para que mi teléfono funcione.

—Caleb. ¿Qué pasa? —Garrett siempre tuvo una forma sensata de contestar las llamadas.

—Oye. Tengo una pregunta para ti, lobo. —Tampoco soy de los que se andan con rodeos.

—¿Qué?

—Cuando fui a Tucson para la pelea, capté un olor extraño. No era de cambiante. Tampoco de un humano. Algo diferente.

—¿Vampiro?

—No. Yo también los olí, pero ese olor lo reconozco. No, es de metamorfo, pero no es el de un animal reconocible. Hay más de uno. Una mezcla.

—Ah. Los tres chiflados.

—¿Disculpa?

—¿Alguna vez has oído hablar de Data-X?

—No. ¿Qué es?

—Era un laboratorio de investigación financiado por el gobierno y fondos privados. Los sujetos de prueba eran cambiantes y humanos, intentaban mutar genéticamente a los humanos en cambiantes. El olor que percibiste es el resultado de sus experimentos. Hombres que fueron mutados en metamorfos. Algunos con más éxito que otros.

Se me eriza la piel. Un mutante oso. Algo que no es oso, no es humano. Es lo que estoy buscando.

—¿Dónde está Data-X?

—Tenían laboratorios en California y Utah, escondidos en áreas silvestres apartadas. Uno de nuestra manada fue prisionero allí cuando era joven. Cerramos el último laboratorio el año pasado y liberamos a los prisioneros restantes.

—¿Entonces hay un montón de mutantes libres ahora? —Me quiebro.

Garrett gruñe bajo en el teléfono.

—Supongo que lo preguntas por una buena razón.

—Sí, correcto. Ese olor. Ese jodido olor de mutante. Lo olí en los cadáveres de mi esposa y mi hija.

Garrett maldice.

—Vale. Joder. Supongo que eso lo explicaría. Bueno, déjame hablar con los tres chiflados. No son asesinos, ninguno de ellos, estoy convencido.

—Sí, lo sé. Diferentes olores. Pero similares.

—Le pediré a Parker que te llame. Es el más cuerdo de los tres. Puede que conozca algunos experimentos con osos. O Sam, nuestro hermano lobo podría, pero escapó hace años. O Nash, un león loco. Te enviaré un mensaje con sus números después de hablar con ellos. ¿Te parece?

No puedo describir el alivio que siento. Sé que le debo mi vida a Garrett, pero ¿honestamente? Nunca me sentí tan agradecido con él por dejarme vivir. Sin embargo, ahora estoy sintiendo el afecto.

—Sí. Realmente lo aprecio, Garrett. Gracias.

Puede que esté cerca de obtener respuestas. Finalmente.

Y no puedo fingir que este progreso no se deba a Miranda. Ella me despertó de mi estupor. Me sacudió. Me envió de vuelta al ring con la cabeza en alto.

Sentado en mi camioneta, aparco frente a uno de los bares locales con ganas de demostrarle mi gratitud. Me preparó *muffins*. ¿Qué puedo hacer por ella? Además de darle diez orgasmos antes del amanecer.

Miro hacia arriba y me doy cuenta de que tengo la respuesta directamente enfrente.

Un gran letrero de *Noche de Trivia* cuelga en la ventana del bar.

Noche de Trivia. ¿No dijo Miranda que amaba Trivial

Pursuit? Parece que voy a traer a mi chica a pasar una noche en el pueblo hoy.

Y sí, ya sé que no es mi chica.

Pero solo por una noche, probablemente la última, pueda disfrutar de la compañía de la sexy científica.

Capítulo Doce

Miranda

Caleb aparece en el bosque, no como un oso, sino como hombre. No estoy decepcionada. Hubiera estado encantada con cualquiera de las versiones de él.

Me pongo de pie cuando le oigo venir. Oso corre hacia él con un ladrido feliz y meneando la cola.

—Hola.

Echa un vistazo al bicho taladro en mi mano.

—¿Cómo puedo ayudarte?

Parpadeo sorprendida.

¿Quiere ayudarme?

¿Qué hombre se ha ofrecido alguna vez a ayudarme sin sacar provecho?

Ningún otro que Caleb.

Y de repente me siento como si estuviésemos en una primera cita. Como si mi amor secreto acabara de aparecer, me quedo sin palabras y tengo las palmas sudorosas. Supongo que esto significa que he admitido que me gusta este tipo.

Más que un poco.

Es un gran problema.

—Bueno, he tomado una muestra de cada árbol en esta parcela. —Le muestro cómo tomar las muestras del árbol y luego cómo las envuelvo y las guardo para estudios posteriores.

Me quita el insecto de la mano, muy serio.

—Tomaré las muestras. Las envolveré. Dirígeme al siguiente árbol.

Éxtasis.

Este hombre de verdad no tiene nada que ganar haciendo mi trabajo. Quiero besarle o caer de rodillas y mamarle la polla otra vez, pero él ya está tomando la siguiente muestra, y luego otra. Es más fuerte y ágil que yo. Hace que el trabajo parezca un paseo por el prado. Le sigo, babeando al verle los músculos abultados mientras trabaja, intentando no adularle demasiado.

Mientras trabajamos, me cuenta de la llamada telefónica y la información que obtuvo de su contacto en Tucson. Ciertamente encaja con las piezas del rompecabezas que Caleb ya tiene.

Terminamos en cuestión de horas. De lo contrario, sola me hubiera llevado otro medio día.Debería estar contenta, pero en cambio, se me hace un nudo en el estómago.

Es hora de dejar Pecos y regresar a Albuquerque. No más tormentas de nieve para mantenerme encerrada con Caleb, no más investigación para permanecer en la montaña.

Caleb me acompaña de regreso a la cabaña de investigación ejecutando ese protector barrido visual del área a medida que avanzamos. Cuando llegamos, dice:

—Mejor empaca y prepárate porque vamos a salir esta noche.

Le miro boquiabierta de sorpresa.

—¿Como una cita?

Caleb hace una pequeña mueca y mi cara se calienta.

—Entiendo, no es una cita. No quise sugerir que debas invitarme. Yo solo...

—Es noche de trivia en el bar. Pensé que deberíamos ir y revolucionar el lugar.

No lucho contra la amplia sonrisa que me estira las mejillas de oreja a oreja.

—¿Trivia? ¡Me encantan las trivialidades!

Sus labios se retuercen de diversión.

—Eso has dicho. Quiero verte en acción.

Mi cara se calienta de nuevo, la excitación me recorre en todas mis nuevas zonas de placer.

* * *

Joes' Bar es una antigua construcción de ladrillo con un cartel vintage de Coors Beer sobre la puerta. El letrero probablemente no era vintage cuando lo colocaron. Más como si hubiera estado colgado allí tanto tiempo que ahora se considera una antigüedad, y por lo tanto, genial. Dudo que Joe o, si la colocación del apóstrofe es correcta, los Joes se preocuparon por las decoraciones estupendas.

Este bar es un abrevadero donde los lugareños asisten para quejarse de los turistas, y esperan que la suciedad centenaria que cubre el edificio y el letrero sean suficientes para mantener alejados a los forasteros.

Mi teoría resulta correcta cuando entro y todo el bar, noventa por ciento masculino, gira para mirarme. Me encorvo en mi abrigo de esquí, esperando no parecerme demasiado a una forastera que invade su santuario local. Considero saludarlos a todos, pero decido que eso les demostraría que soy una forastera y además, una tonta. En cambio, me escabullo a un lado y dejo que vean a Caleb.

En el instante en que entra, la tensión se disipa como si nunca hubiera existido. El camarero asiente con la cabeza a Caleb como si le reconociera y Caleb levanta la barbilla en un saludo de macho montañés. El gesto dice, *soy un solitario, pero es un pueblo chico, así que nos saludamos. Educado, pero con la menor cantidad de esfuerzo posible.* Mucha comunicación en un simple gesto. Sería interesante si nos saludáramos como lo hacen los perros, olfateando el hocico, la boca y... otros lugares. Vale, no es interesante, es incómodo.

Caleb me toca y me sobresalto.

—¿Estás bien? —pregunta.

—Sí —le susurro—. Todo bien.

Me toma el codo y me guía más allá de las mesas ocupadas; sin duda la noche de trivia debe ser popular. De camino al bar, Caleb recibe más saludos de montañés. Algunos de esos ojos se posan en mí y la mano de Caleb se mueve hacia la parte baja de mi espalda en otro gesto muy revelador. Marcar su territorio, advirtiendo a los machos potencialmente interesados. *Mira, no te acerques. Está reclamada.*

Podría decirle que no pasa nada, que es probable que nadie se me acerque, pero no lo sé. Si hay algo que atrae a los machos humanos, es una hembra a quien otro macho, un macho alfa, ha reclamado. Algo relativo a querer lo que no pueden tener, lo cual revela más de la estima de Caleb que de mí. Al verme con Caleb, se preguntan qué activos ocultos tendré que podrían atraer a semejante macho. No saben que por la nevada nos quedamos encerrados en su cabaña sin nada más que hacer.

Caleb me lleva al bar todavía apoyando la gran mano en

la parte baja de mi espalda y aunque normalmente no compro el estilo del macho que proclama *mi mujer*, se siente bien. Es un caballero. Especialmente cuando la mitad de la barra, todos hombres, todavía nos mira. Me meto un mechón de pelo detrás de la oreja y hago un inventario de posibilidades en caso de que mi pantalón se haya desabrochado o mi ropa interior se vea.

Llevo un chaleco térmico rosa y blanco y unos cómodos vaqueros. En el espejo detrás de la barra, veo que el rosa coincide con mis mejillas encendidas por el frío. Y por los múltiples orgasmos. Me siento guapa, mucho más sexy que antes de conocer a Caleb, pero probablemente no sea por eso que nos miran. Uno, porque probablemente han visto a Caleb varias veces pero nunca con una mujer. O con cualquier persona que esté lo suficientemente cerca como para tocar y hablar. Dos, tengo el cabello que delata sexo. Hice todo lo posible para cepillarlo, pero las últimas setenta y dos horas fueron una locura. Va a tomarme más que un cepillo domar mi peinado de "acabo de acostarme con un loco del sexo". Voy a necesitar una botella de laca para el cabello, tal vez dos. Y un acto de Dios. Por supuesto, Caleb no tiene laca para el cabello, ni ningún artículo de "mierda femenina", como le dice. Pensó que estaba loca por preguntarle.

En cuanto a un acto de Dios, a pesar de que soy atea, hasta yo sé que ha sido un milagro haber tenido a un ardiente montañés para que me instruya en el sexo, y no es probable que consiga otro pronto.

El bartender termina con su último cliente y se acerca. Es un gran hombre de montaña, no tan grande como Caleb, pero cortado por la misma tijera machista. Normalmente tendría miedo de entrar en un lugar como este, pero con Caleb, el rudo más grande de todos, es bastante divertido.

Me apoyo en la barra y le doy al hombre una sonrisa amistosa.

—¿Están Joe y Joe aquí? —exclamo.

El camarero levanta una ceja y gruñe,

—¿Quiénes?

—Los Joes dueños del bar —digo alentadoramente.

—Solo hay un Joe.

—Oh, no lo sabía. Es por el cartel —Señalo la puerta detrás de mí—. El apóstrofe está atrás de la 's' y eso significa ... —Me detengo. El camarero me mira como si tuviera dos cabezas. El resto me mira fijamente, bebiendo sus tragos y viendo el espectáculo. Sigo adelante—. Significa que es plural. Joe y Joe. No... mmm... posesivo singular, sino un plural.

—Cariño —murmura Caleb. Su mejilla se contrae de una manera que puedo decir que intenta no reírse.

—No importa —murmuro.

—Cariño —dice Caleb de nuevo y engancha un brazo alrededor de mis hombros, teniendo mi espalda de la manera más literal—. ¿Qué quieres beber?

Entrecierro los ojos alrededor de la barra pero no veo ningún menú, así que ladeo la cabeza y le pregunto al camarero:

—¿Tienes algún vino blanco?

Alguien detrás de mí resopla. Mis mejillas se calientan y Caleb se retuerce. Me imagino ha fulminado con la mirada a quien se rió, porque el salón vuelve a estar en silencio.

—No —dibuja el camarero con una mirada de desconcierto en su rostro.

Joder. No soy una gran fan de la cerveza.

—¿Coors?

El camarero toma mi pregunta como una orden, porque arroja dos botellas frente a nosotros y sigue adelante.

Vale.

—Supongo que este no es el lugar para pedir vino blanco —murmuro.

—Probablemente seas la única que entra aquí y lo ordena. —Caleb agarra las cervezas.

—Probablemente.

Caleb se ríe y me guía. Mi decepción dura tanto como le toma a la presentadora del juego de trivia ponerse de pie y anunciarlo, luego insta a su asistente a que reparta las tarjetas de puntuación.

—Escribiré —le digo a Caleb y me preocupo por el lápiz, asegurándome de que esté afilado, no roto, y que el borrador sea bueno. Caleb mira con los ojos arrugados a los lados. Él piensa que mi solicitus es linda. Lo sé porque me lo dice.

El anfitrión del juego pide silencio y se inclina cerca.

—¿Estás lista?

—Nací lista. —Pongo el lápiz en la tarjeta de puntuación, ojos en la anfitriona.

Caleb se ríe y se me pone la piel de gallina por todo el cuerpo. Es agradable, pero me dan ganas de llevarle al pasillo oscuro y besarle.

—Me distraes. —Arrugo la nariz hacia él.

—¿Lo hago? —Sus labios se curvan y toma cerveza de un tirón para ocultar su sonrisa—. Me callaré.

Veo su fuerte garganta tragar.

—Eso no me ayudará —murmuro—. No, a menos que te tapes la cabeza.

—Linda —dice sacudiendo la cabeza.

—Shhh —me concentro a medida que las preguntas comienzan.

Número uno: ¿cuál es el evento deportivo de carrera continua más largo de los Estados Unidos? *Derby de Kentucky*.

—Vamos...

Caemos en un ritmo en que yo escribo y él mira por encima de mi hombro y bebe su cerveza. La primera ronda es de cuestiones deportivas, la segunda es televisión. Le agradezco a mi abuela por todas esas tardes que me cuidó poniéndome frente a su viejo televisor viendo repeticiones.

—Eres buena en esto —murmura Caleb, apretando mi nuca. Demostrándome, una vez más, que no se siente intimidado por mi cerebro o naturaleza competitiva. Le muestro una sonrisa—. ¿Estás bebiendo esto? —Sostiene mi cerveza intacta.

Sacudo la cabeza y sigo escribiendo. Recibo el nombre de la tortuga mascota de Charles Darwin (Harriet), el color de la lengua de la jirafa (negro), la ubicación de la pirámide más grande del mundo (no es Egipto, sino en México).

—¿Estás segura, nena? —Caleb pregunta después de la última.

—Sí. —Me agacho cerca de susurrarle al oído—. La mayoría de la gente no sabe que es la más grande porque en una montaña.

—Entiendo. —Gira la cabeza, me toca la barbilla para mantenerme quieta y me besa. Sabe a Coors. Afortunadamente, me gusta el hombre con sabor a cerveza. El beso se profundiza y los hormigueos se disparan por mi cuerpo hasta los dedos de los pies.

Caleb rompe el beso. Mantengo el cuello extendido, los labios separados.

—¿Qué desierto sudamericano es uno de los lugares más secos de la Tierra? —pregunta.

—¿Qué? —digo aturdida.

—Miranda, concéntrate.

Parpadeo pero su sonrisa es todo lo que veo.

El anfitrión repite la pregunta y vuelvo a la realidad.

—Correcto. —Escribo *el desierto de Atacama* y miro a Caleb—. Me distraes —le digo en la boca.

—Vale. —Se pone de pie—. Veo que tienes esto. —Caleb toma las cervezas vacías y va por más mientras respondo algunas preguntas. La primera dirección del sitio web .com de Amazon (Relentless.com), la ciudad donde se eligen los alcaldes seleccionando nombres de un sombrero (Dorset, Minnesota) y el miedo a cruzar puentes (gefirofobia).

Caleb regresa y examina mi trabajo, frunciendo los labios ante la última respuesta.

—No me pidas que la pronuncie —le digo.

En mi codo hay una copa de vino blanco.

—Caleb. —Lo empujo en el costado y señalo—. Pensé que no había.

—No había, pero el dueño te escuchó y salió a buscar vino.

—Ah, qué agradable. —Brindo por el tipo canoso detrás de la barra—. No debería beber vino blanco en los meses fríos, pero me encanta.

—Te mantendré caliente. —Me rodea con un brazo. Um, agradable.

—Y ahora para una ronda de bonificación relámpago —anuncia el anfitrión—elaborada por nuestro propio Joe de Joes' Bar. —El hombre canoso hace una reverencia.

—Deberían hacer una ronda de puntuación correcta —me quejo para mí misma.

—La categoría es sustantivos colectivos —continúa el anfitrión.

—¿Qué coño son esos? —pregunta alguien, pero subrepticiamente alzo mi puño.

—¿Lo sabes? —Caleb pregunta.

—Oh, sí.

—¿Cuál es el sustantivo colectivo para jabalí?

—Piara —garabateo—. Ese fue fácil —le digo a Caleb. Me brinda una sonrisa.

—Sustantivo colectivo de pollos.

—Pollada

—Joder. —La mesa de al lado no anda nada bien. Sonrío para mí misma y escribo.

—Un sustantivo colectivo para peces.

—Cardumen —escribo, y me dirijo a Caleb y agrego—: O banco.

—Para Leones —Fácil—. manada.

—Delfines.

—Grupo—me susurra Caleb.

Asiento, sonrío y escribo.

—Para osos.

—Los osos son animales solitarios. —Frunzo el ceño ante Caleb.

Deja su cerveza con un golpe.

—Un grupo de osos es una manada —murmura y toca la tarjeta de puntuación—. Escríbela.

Lo hago, con la boca abierta.

—¿Alguna vez has visto un grupo de osos?

—No. Somos animales solitarios. —Él me guiña un ojo.

—Un grupo de cuervos —es el siguiente. El escriba en la mesa de al lado arroja su lápiz. Escribo *bandada* y le susurro a Caleb—: Aprendí esa de una canción de Sting.

—Final. Buitres.

—Sí —silbo. Escribo *buitrada*, pero me la cuestiono.

—¿Qué es? —Caleb se inclina cerca.

—Esta es la respuesta —toco el papel—, a menos que estén en vuelo, entonces se llaman *volante*. Cuando comen, se les llama *buitrera*. —Me muerdo el labio—. ¿Qué debo poner?

—Ve con tu instinto —aconseja Caleb.

—Cuando estén listos, entreguen sus tarjetas de puntuación —dice el anfitrión y yo corro para dejar la mía. Somos los primeros en entregar nuestra tarjeta, lo que nos da una ventaja de diez puntos.

Los ojos de Caleb se arrugan cuando vuelvo a él. Me rodea con un brazo, tirando de mí hacia su duro cuerpo y dándome otro beso con sabor a cerveza. Las mesas a nuestro lado nos gritan y me aparto para tomar aire.

—Estoy orgulloso de ti —dice Caleb, entregándome mi copa de vino.

—¿En serio? —Reprimo la emoción. Estoy a en los brazos de un hombre guapo, que se ha desvivido por brindarme una noche estupenda. Siendo tan sexy, no se siente intimidado por mí.

—Oh, sí, viéndote jugar... fue excitante. —Esta vez permito que la emoción me recorra. Los labios de Caleb se acercan a mi oído—. Lo único, nena. Fue demasiado fácil. La próxima vez que juguemos, lo haré más desafiante. —Su mano libre me acaricia la entrepierna, y casi dejo caer el vino.

—Parece interesante. Estaría dispuesta a intentarlo.

—Mmmm —Caleb retira la mano pero no el brazo. Me acomodo y bebo un trago. Al diablo Trivia Pursuit. Jugaré cualquier juego con Caleb, siempre y cuando él ponga las reglas.

Gano el premio, una placa que dice Primer Puesto Al Conocimiento Inútil.

El propio Joe, el propietario, se acerca a otorgármela. Me fijo en el logotipo de Joes' Bar, suspirando por la errónea colocación del apóstrofe hasta que Joe se inclina y me hace saber:

—Te escuché antes y sí, es por Joes, en plural. —Le miro con los ojos entrecerrados y continúa—: Era un colega del ejército. Murió en la guerra. Siempre hablábamos de que cuando saliéramos, abriríamos un bar juntos. Así que el apóstrofe está en el lugar correcto. —Hace una pausa—. Nadie le presta atención a eso.

Le doy un abrazo a Joe y me vuelvo hacia Caleb con los ojos muy abiertos, haciéndoselo notar.

* * *

—Un grupo de búhos se llama parlamento. Un grupo de gaviotas se llama bandada. Un grupo de tiburones es un cardumen —canto, con mis botas apoyadas en el tablero de la camioneta de Caleb.

Caleb aparca, se acerca a la puerta del pasajero y la abre.

—Un grupo de ovejas es una majada. —Mis pies tocan el suelo y Caleb me levanta en sus brazos. Me engancho alrededor de su cuello y le informo—: Un grupo de bueyes es yunta... —Chasqueo los labios y lo intento de nuevo—. Parvada es...

—¿Estás borracha?

—Tal vez. Más o menos. Un grupo de toros es una torada.

—Eres tan jodidamente inteligente —me dice y me tira en la cama.

—Crees que soy inteligente —murmuro contenta. Observo cómo su abrigo, camisa y botas golpean el suelo y luego él está sobre mí.

—Sé que lo eres. —Me desabrocha el abrigo, el chaleco y me los quita—. ¿No sabes que eres inteligente?

—Sí —le aseguro mientras me levanta la camisa—. Es fácil olvidarlo cuando mis colegas me hablan con desprecio.

—Son unos idiotas —dice Caleb a su manera de macho montañés, antes de quitarme la camisa por la cabeza—. Miranda, tienes que saberlo, eres inteligente, amable, hermosa. Joder. —Me acaricia la mejilla y solo me mira. Bajo su mirada, trato de no retorcerme—. Tan jodidamente hermosa.

—Caleb —susurro, y él se baja sobre mí. La barba me roza el cuello cuando me planta besos deliciosos y ásperos hasta mi clavícula—. Caleb —mi susurro se convierte en un gemido, y me retuerzo debajo de él cuando sus labios me acarician la parte superior de los senos. Tira el sujetador hacia abajo con los dientes y se inclina para tomarme. La mirada en sus ojos lo es todo. Podría tener un orgasmo ya mismo solo con él cuando me mira. Me conocce. Me entiende. A él le importo. Siempre le he importado, desde el principio.

Es conmovedor.

Vuelvo la cara.

—Un grupo de puercoespines se llama espina.

—Miranda —llama. Sus dedos, gentiles en mi mandíbula, vuelven mi rostro hacia él—. ¿Hay algo que quieras decirme?

Sí. Me muerdo el labio para no soltarle *sé que esto es temporal, pero me he enamorado de ti.*

—¿Miranda?

—Un grupo de rinocerontes se llama choque —susurro, y aprieto mis brazos alrededor de su cuello mientras se desliza dentro de mí. Suspiro. Pone la en mis pechos, el pulgar provoca un pezón. Mis músculos internos se tensan a su alrededor a medida que se mueve, yendo más y más profundo, enganchando mi pierna en alto para poder acceder a lugares que nunca antes había sentido. Cierro los ojos, precipitándome hacia el orgasmo con la mente en blanco. La polla de Caleb da en el clavo y mis pensamientos se esfuman para no tener que enfrentar la verdad: lo nuestro no es para siempre. Va a terminar.

Pero todavía no. No esta noche.

Capítulo Trece

Miranda
Me siento como un cristal a punto de estallar. Todo es extraño y extracorporal. Despertar con Caleb. Desayunar. Poner mis pertenencias en el maletero del Subaru.

Esta mañana siento amargura en la boca.

Me voy.

Me despido de Pecos.

De Caleb.

Quisiera tener algún tipo de plan como darle mi número y pedirle que llame. O sugerirle que venga a visitarme a Albuquerque, a pesar de que ambos sabemos que ninguna de esas opciones sucederá.

Caleb pertenece a la montaña; yo tengo mi propia vida. Y además, no tenemos una relación. Tuvimos sexo.

Mucho.

Tuvimos mucho sexo.

No significa que seamos pareja. No significa que tengamos compromisos o promesas.

No significa que tengamos un futuro.

—Bueno. —Me paro al lado de mi coche con la puerta abierta, Oso está dentro, esperando con la cola en un meneo.

—Vale. Conduce con precaución. —Caleb no me mira a los ojos.

—Gracias por todo. —Intento abrir los brazos, como si fuéramos a darnos un abrazo amistoso.

Caleb no se mueve. Me clava la mirada oscura y me fija en el lugar, el brillo en su rostro evita que más palabras sin sentido salgan de mi boca.

—Me preocupo por ti, Miranda —dice.

Se me corta el aliento.

—No me gusta la idea de que esos científicos te presionen.

Oh.

Volvimos al tema. El tema donde empezamos hace cuatro días en su cabaña.

—Puedo cuidar de mí misma, Caleb —murmuro, intentando sacudirme la decepción.

—Mejor así. —Lo dice como una advertencia. El gruñón montañés ha vuelto con todo esta mañana.

—Si alguna vez vas a Albuquerque...

—No iré —me interrumpe.

—Vale. Bien. Bueno, estaré allí. Y, mmm, tú aquí. —No menciono que es posible que tenga que volver para seguir con la investigación. Se siente como si estuviera buscando algo que él no quiere darme.

Doy un paso y me pongo de puntillas para darle un beso en la mejilla.

No se mueve. Simplemente se mantiene como una estatua. Como si mi beso le congelara.

—Adiós —susurro.

Rrealmente es un *adiós*. No cabe un *nos vemos* o *hasta que volvamos a encontrarnos*.

No dice nada.

Con un nudo en el estómago tan duro como una piedra, me meto en el Subaru y lo pongo en marcha. No empiezo a llorar hasta que he doblado la primera curva.

Entonces me derrumbo totalmente.

* * *

Caleb

Con el Subaru de Miranda desapareciendo por el camino del bosque, mi oso ruge de angustia.

No la dejes ir.

No la dejes ir.

Pero tengo que hacerlo. ¿Qué opción me queda? No me corresponde. No tengo nada que ofrecerle a esa mujer. Soy un hombre roto, con escaso dinero, bajo en ambición. El dolor me ha quebrado y mi animal ha alterado mi cerebro. No obstante, si así no fuese, soy un metamorfo y Miranda es humana. No deberías mezclarnos.

Me subo a mi camioneta y conduzco de regreso a mi cabaña. Mientras tanto, mi oso está enloqueciendo. Intenta tomar el control. Ruge debajo de mi piel.

Olvídala, oso. No podemos tenerla.

No es para nosotros.

* * *

Miranda

. . .

No significó nada. O tal vez no significó tanto.

No fui suficiente para distraer a Caleb de su dolor. De su pérdida.

Y a pesar de que todo se trató de sexo, se abrió camino en mi corazón, si me estoy alejando con ese órgano hecho añicos. Pedazos quedaron en toda esa montaña.

Acabo de pasar el pueblo de Pecos y un hombre se me pone delante del coche agitando los brazos como si necesitara ayuda.

Freno y me detengo, luego bajo la ventanilla.

—¿Sí?

Oso se vuelve loco ladrando desde el asiento trasero, pero antes de que pueda prestar atención a la advertencia, la mano del hombre sale disparada por la ventana abierta tan repentinamente que apenas la veo venir. Luego me apuñala el cuello con algo afilado.

Le miro fijamente, el horror reemplaza la pena.

Caleb tenía razón todo el tiempo. Un asesino me acechaba como su presa.

Y ahora me tiene.

Me desplomo sobre el volante y todo se vuelve negro.

* * *

Cuando me despierto, estoy en bragas y camiseta de tirantes dentro de una jaula grande de alambre, como una gran perrera en una habitación poco iluminada que huele húmeda y terrosa. Como si estuviéramos en una bodega. El miedo se apodera de mí y me saca de la confusión del efecto de la droga mientras recuerdo lo que sucedió. Intento sentarme y me golpeo la cabeza con la parte superior de mi prisión.

Gimiendo, parpadeo, queriendo ubicarme en mi entorno mientras mi cerebro se esfuerza por ponerse al día.

Ahí es cuando me doy cuenta de que no estoy sola. Hay una jaula al lado de la mía y, oh, Dios mío, hay otra mujer dentro. Es delgada, luce pálida y tiene el cabello rubio hecho un desastre.

Se lleva un dedo a los labios en señal de advertencia.

Un miedo nuevo bombea en mis venas, pero mi lado racional se anima. No estoy sola. Y si esta mujer también está aquí, significa que la muerte inmediata probablemente no esté en mi futuro; porque supongo que es una de las excursionistas desaparecidas.

Miro en la habitación poco iluminada y veo otra jaula, y otra más. Ocho en total. Dos más están ocupadas, también por mujeres jóvenes. Así que estas podrían ser las tres mujeres desaparecidas.

Y me convertí en la número cuatro.

Ese pensamiento se hunde como una piedra, pero luego es seguido de esperanza.

Caleb me encontrará.

Intento reprimir esa esperanza de princesa de Disney porque Caleb no me buscará. Cree que voy a Albuquerque, y aunque le di mi número de teléfono antes de irme, no hicimos planes para comunicarnos.

No es que vaya a llamar a la policía si no le envío un mensaje para avisarle que llegué a casa sana y salva.

Nadie lo hará.

Pasarán días, tal vez más de una semana, antes de que alguien se dé cuenta de que algo anda mal. Los chicos del laboratorio y mis amigos pensarán que todavía sigo aquí ocupada con la investigación. No le dije a nadie que me dejaría la montaña hoy.

Vuelvo a mirar dentro de la jaula junto a la mía.

Una vez más, la mujer se lleva el dedo a los labios y sacude la cabeza.

—Tranquila —dice.

Los escalofríos me recorren la columna vertebral, pero asiento con la cabeza.

Tengo que confiar en mi compañera de prisión en esta situación. Ha estado aquí más tiempo que yo.

Nada ocurre durante bastante tiempo. Repaso un millón de preguntas para hacerles a estas mujeres cuando tenga la oportunidad, si la hubiese.

Finalmente, una puerta se abre y vierte un rayo de luz en la habitación, luego entra el hombre que me detuvo en el camino. Lleva una bata blanca de laboratorio.

—Ah, nuestra nueva sujeto está despierta —dice con una de esas voces falsamente alegres—. Es hora de comenzar las pruebas.

Disparo una mirada a la mujer a mi lado, y el temor en su rostro me confirma que no me van a gustar.

Mi captor abre la jaula.

—Dime, ¿qué hacías con el oso?

Entonces, sin lugar a dudas, tengo la certeza de que este es el hombre que asesinó a la esposa y a la hija de Caleb.

Me agarra del brazo y me clava una aguja, inyectándome de nuevo. Esta vez no me desmayo, pero mis músculos se aflojan. No puedo mover las extremidades o siquiera sostener mi cabeza.

El hombre acerca una camilla a la jaula y me tira del brazo. No puedo sentir dónde me agarra, pero se me ocurre él que debe de ser inhumanamente fuerte, porque maneja mi peso muerto con facilidad.

Negándome a jugar a la víctima indefensa, uso la única arma disponible para mí en este momento: mi mente y mi lengua.

—*Tú eres* el oso —acuso.

Se queda paralizado y los ojos se vuelven ámbar. Mientras le observo con horror, se transforma. O se transforma a medias. Su rostro cambia al de un oso: un hocico crece donde estaba la nariz, le salen dientes filosos. Sus manos también se convierten en gigantes garras, en patas asesinas. También le brota algo de pelaje, pero en parches. No cambia completamente de forma. Se queda atrapado en algún lugar en el medio: mitad hombre, mitad oso.

Una de las otras mujeres de las jaulas grita, diciéndome que o no ha visto este lado de su captor antes o que es algo que temer.

El tipo se vuelve loco, lanza sus garras al aire, derriba una mesa y una silla. Tira la camilla en la que estoy y mi cuerpo se desploma al suelo. Probablemente sea una bendición que no tenga control muscular porque la docilidad de mi cuerpo facilita mi aterrizaje.

Lanza las jaulas alrededor de la habitación. Las mujeres gritan. Continúa en su alboroto derribando todo, destrozando equipos de laboratorio: decantadores, tubos de ensayo y viales.

Parece eterno. Cuando ya no queda nada que derribar, sale corriendo de la habitación, tosiendo y resollando entre rugidos.

Escucho otro portazo y luego una de las mujeres habla.

—Mierda. ¿Qué demonios fue eso?

—Un experimento con metamorfos que salió mal —respondo.

—¿Un qué? —Esta pregunta vacilante proviene de otra jaula.

—Este tipo fue un sujeto de prueba de un proyecto de investigación del gobierno que salió mal. Supongo que se volvió loco, un monstruo.

—Oh, Señor —dice la primera mujer—. Tiene sentido.

—¿Por qué?

—Él llama a este sótano *el laboratorio*. Piensa que hace experimentos con nosotras, pero no cuadran. Nos saca sangre y la mezcla en pequeños frascos con viales y agua. Nos tortura y dice que son pruebas de tolerancia al dolor. Mientras gritamos, nos insta a transformarnos. No teníamos ni idea de lo que quería o estaba tratando de hacer. Solo que está jodidamente loco.

Lucho por moverme, pero mi cuerpo todavía no le obedece a mi cerebro.

—Tenemos que salir de aquí —murmuro, con los labios y la lengua tan entumecidos como el resto de mí.

—Sí, buena suerte con eso. No te moverás por lo menos otras seis horas.

—Mi nombre es Miranda —les digo—. Y vamos a salir de aquí.

—Pareces bastante segura de eso, Miranda —dice una secamente—. Pero no me parece que tu plan esté funcionando de momento. Soy Julia.

—Soy Rachel.

—Yo, Tracy.

—Diría que es un placer conoceros, pero las circunstancias son una mierda —digo, arrastrando un poco las palabras por el relajante muscular—. Hay carteles de Personas Desaperecidas de vosotras tres en todo Nuevo México. No os han olvidado.

—¿Eres policía o algo así? —pregunta una, Tracy, creo.

—No. Soy ecologista. Pero conocí a un hombre esta semana que tratan de resolver los casos. Cree que este tipo mató a su esposa y a su hija.

Caleb.

Pensar en no volver a verle nunca más provoca que se obstruya el pecho.

No puedo contar con que él nos encuentre. Nos despedimos y no tiene ninguna razón para sospechar que no estoy a salvo en mi casa, acurrucada con mi perro.

¡Oso!

—¿Alguna ha visto o escuchado a un perro?

El corazón palpita con fuerza, pensando en cómo Oso cayó en ese río. ¿Qué pasaría si no fue un accidente y mi captor lo tiró? ¿Y si le ha hecho algo horrible a Oso?

—No. —Cada una responde.

Oigo que se abre una puerta y las otras tres prisioneras hacen unos sonidos bajos. Cierro la boca y presto atención a la advertencia. Poner más loco al loco no va a ser el mejor plan.

Necesito que mi cerebro trabaje en un plan para huir de aquí. Porque quedarnos atrapadas aquí para siempre como sujetos de pruebas de un loco no es una opción.

* * *

Caleb

Todo en mi cabaña se ve mal.

Se siente mal.

Han pasado dos días desde que Miranda se fue y me es imposible volver a mis viejas costumbres. He cambiado. Ella me cambió.

La cabaña parece vacía sin Miranda. Y extrañamente, ya no se siente como un monumento fúnebre para Jen y Gretchen. No es que haya borrados sus recuerdos. No, en todo caso, las honro más. Estoy más decidido que nunca a rastrear al asesino y llegar a una conclusión del caso, pero también entiendo que es hora de empezar a vivir de nuevo.

Esconderme aquí, convertirme en un ermitaño, ya no me sienta bien.

Quiero más.

Necesito más.

Joder, echo de menos a Miranda. La echo muchísimo de menos, en realidad.

Miro mi teléfono donde guardé su número. Por supuesto, no hay cobertura en mi cabaña, pero tal vez valga la pena conducir hasta el pueblo. Puedo ver si Parker hizo la llamada o puedo enviarle un mensaje de texto a Miranda.

O llamarla.

Necesito hacerle saber que quiero algo más.

Un nosotros.

Quiero que sigamos juntos. Pensé que mi corazón no podía contener a otra persona, que amar a alguien más sería una traición a mi compañera muerta.

No me di cuenta de que mi corazón ya le había hecho espacio a otra. Y dejé que esa persona se fuera sin que se lo dijera. Fui un idiota, pero podría no ser demasiado tarde para arreglarlo.

Parte de la pesadez en mi pecho se aligera.

Me levanto del sofá, meto mi teléfono en el bolsillo y me dirijo a la puerta.

Y ahí es cuando escucho el gemido que viene justo de afuera...

Abro la puerta y me dejo caer.

—¡Oso!

El perro de Miranda se sienta y ladra. ¿Qué hace aquí?

Miro alrededor pero no hay señales del Subaru de Miranda. No condujo de regreso.

—Ven aquí, chico. —Me acerco para acariciar al perro,

pero retrocede y ladra un poco más. Huelo su sangre, no es fresca. Cojea ligeramente. No entra a pesar de que parece medio congelado. No, me quiere decir algo.

Oh, joder.

¿Qué le ha pasado a Miranda?

Ya de alguna manera lo sé.

Lo sé con cierto temor que me pone los pelos de punta. Lo sé con la agonía de una daga en el corazón.

Por favor, que no haya muerto.

Una capa gélida se aprieta alrededor de mi pecho mientras cojo mi chaqueta y salgo corriendo.

—¿Dónde está, chico? Muéstrame dónde.

Cuando Oso corre, me doy cuenta de que no iremos en mi camioneta.

—Espera, perro. —Silbo, Oso regresa y vuelve a ladrar.

—Dame treinta segundos —le digo, aunque no pueda entenderme. Comprenderá la esencia del mensaje. Regreso corriendo, me quito la ropa, luego salgo, cierro la puerta y me transformo en mi animal.

Oso gime, pero vuelve a ponerse en marcha y voy a su lado mientras corremos kilómetros por la ladera de la montaña.

Cuando capto el olor del fallido metamorfo, quiero levantarme. Gruño todo el tiempo que corremos un estruendo bajo y de enfado que me mantiene concentrado. A medida que el olor se intensifica, el pelaje de mi nuca se pone de punta. Y luego lo veo: el Subaru de Miranda en una zanja, a unos cientos de metros de la carretera a Santa Fe.

Joder.

Oso se vuelve loco, ladrando y corriendo alrededor del coche.

Joder. No sabe dónde está Miranda. Este debe de ser el

último lugar donde la vio. Necesito resolver esto por mi cuenta.

Levanto el hocico en el aire para encontrar el aroma de ella. Está mezclado con el olor del oso mutante, pero lo atrapo. Lo sigo cuesta abajo otro kilómetro más o menos hasta que llegamos a una cabaña.

El lugar apesta al oso mutante. Este tiene que ser el lugar.

Es entonces cuando la escucho gritar.

* * *

Miranda

Tengo la garganta en carne viva y ronca por los gritos, mientras estoy atada a la camilla con un loco que se cierne sobre mí. Ya me ha tomado sangre cuatro veces mediante su equipo sucio y sin esterilizar. Mis compañeros con razón dirían: aquí no hay ciencia. Solo hay un lunático delirante que se cree un verdadero científico. Y disfruta infligiendo dolor. Grito mientras mete la aguja debajo de mi pulgar más profundamente.

—¡Cambia! —me grita el loco, con saliva volando de su boca—. Tienes ADN de oso dentro de ti. ¡Úsalo para cambiar!

Vuelvo a gritar.

Las otras mujeres se acurrucan en sus jaulas con los ojos cerrados y los oídos tapados para bloquear el horror de mi tortura.

De repente, la puerta se estrella cuando sale de sus bisagras. Oigo ladrar a Oso y el gruñido de un oso muy real.

Caleb.

Sabía que vendría.

Cuando el loco se gira, sus gafas falsas caen y la sucia bata de laboratorio se agita alrededor de sus piernas.

Responde con gruñido demoníaco y furioso y se transforma en su monstruo, pero Caleb ya le derribó al suelo. Oso, mi intrépido y precioso perro, da vueltas alrededor de ambos, ladrando y gruñendo.

Caleb muestra sus dientes y ruge como un dios que desciende para atacar al diablo mismo.

Sin embargo, mi captor lucha como el demente que es. También tiene fuerza sobrehumana y está totalmente fuera de control. Los dos animales rugen y ruedan por la habitación, rompiendo todo, derribando cosas.

Caleb recoge a mi captor y lo arroja al otro lado. Golpea la pared y se desliza por ella, pero se levanta instantáneamente, buscando a tientas el equipo del laboratorio.

—¡Cuidado con la aguja! —grito cuando me doy cuenta de que ha llenado una de las hipodérmicas. No puede tomar prisionero a Caleb. No puede.

Caleb esquiva la aguja y la hace caer de la mano de mi captor con un golpe. Va rodando hacia Rachel, quien alcanza a través de los barrotes de su jaula a recogerla, encontrándose con mi mirada y asintiendo con la cabeza.

Le devuelvo el gesto.

Caleb aborda a nuestro captor y deja escapar un terrible gruñido cuando le corta la garganta al hombre con sus garras. Un sonido de gorgoteo confirma su muerte. Sin embargo, Caleb no se detiene, desolla el pecho y el vientre del tipo.

—¡Caleb! —grito.

Sacude su gran cabeza y la balancea en mi dirección. Sus labios revelan los feroces dientes y vuelve a bramar, aún más furioso que antes.

Las mujeres en las jaulas gritan.

Parece verlas por primera vez y ruge un poco más.

Rompe con sus garras las ataduras que sostienen mi muñeca, arañándome parte de la piel en el proceso.

Jadeo, pero rápidamente murmuro:

—Estoy bien.

Rasga el otro lado y me libera. Me incorporro y me arranco la aguja del pulgar, gritando otra vez. Oso gime a mi lado, me lame la mano y el rasguño ensangrentado en mi muñeca.

Caleb vuelve a mostrar los dientes, levanta la cabeza hacia el techo y ruge su ira.

Me levanto para buscar las llaves de la jaula en el cuerpo de nuestro captor, pero Caleb agarra la puerta de una de las jaulas con una pata enorme y empuja la jaula y la arranca de sus bisagras. Rachel levanta la aguja hipodérmica, lista para hundirla en el cuello de Caleb.

—¡No, no lo hagas! —grito.

Ella se paraliza.

Caleb resopla y la lanza de su mano.

—Vale. Él es, mmm... no nos hará daño. —La ayudo a salir de la jaula.

Caleb se mueve a la siguiente jaula, donde también arranca la puerta. Luego la siguiente.

—Salgamos de aquí —dice Rachel corriendo por la puerta.

Caleb se abre paso en cuatro patas, corriéndonos del camino, como si tuviera que ir primero.

—Está bien. No te hará daño, lo prometo —les digo, mi cerebro ya trabaja extra intentando descubrir cómo explicarles sobre mi oso mascota.

Subimos unas escaleras, pues se nos había estado manteniendo en un sótano, como sospechaba. Arriba hay una cabaña destartalada y sucia. Señales de un hombre apenas capaz de atender sus necesidades personales.

Todas salimos corriendo, a pesar de que apenas estamos vestidas y no tenemos chaquetas ni zapatos.

Agarro el hombro peludo de Caleb.

—Ve a por Caleb —le digo con firmeza, temblando de frío. Le necesitamos en forma humana ahora. Tenemos que llamar a la policía, tal vez a una ambulancia.

Sacude su gran cabeza, como si no estuviera dispuesto a dejarme.

Le muestro la aguja hipodérmica que recogí después de que se la sacó de la mano a Rachel.

—Estoy bastante segura de que ha muerto, pero estoy armada por si acaso.

Caleb resopla y se aleja, sus largas zancadas lo llevan por la ladera de la montaña a una velocidad impactante.

—¿Qué fue eso? —Julia pregunta.

—Um, mi amigo Caleb tiene un, ah, un oso como mascota. Quiero decir, no es realmente una mascota, pero son amigos. Es muy inteligente.

Julia, Rachel y Tracy me miran con incredulidad.

Maldita sea, soy muy mala mentirosa. Pero le prometí a Caleb que llevaría su secreto a la tumba, y tengo la intención de cumplir esa promesa.

—No sé vosotras tres, pero no me quedaré aquí ni un minuto más —anuncia Tracy, caminando en la nieve con los pies descalzos.

—¡No, no, no! —grito—. Espera aquí. Caleb vendrá y traerá ayuda. Lo prometo.

Tracy mira hacia atrás, con los ojos entrecerrados.

—¿Estás loca? ¿Le dijiste a un oso que trajera a tu amigo y crees que va a venir? Estás tan loca con ese tipo. —Ella señala en dirección a la destartalada cabaña.

—No, de verdad. Ese oso acaba de salvarnos. Traerá a Caleb. Confía en mí.

Sus labios se aprietan, pero regresa y las tres volvemos a entrar a la cabaña porque nos estamos congelando. Encuentro mi ropa con la suya sucia y me la pongo. No tengo suerte para encontrar el resto de su ropa, pero está bien, porque la camioneta de Caleb aparece por el camino de tierra y se detiene. Cuando se baja, viene corriendo a por mí antes de que pueda siquiera suspirar su nombre.

Corro por los escalones y me lanzo a sus brazos.

—¡Caleb! —De repente, lloro. Lloro de verdad—. Sabía que vendrías a por mí. Quiero decir, esperaba que lo hicieras. Y lo hiciste. Muchas gracias.

—Joder, nena, joder. Estoy tan contento de que estés viva. Estoy tan jodidamente feliz. —Me da vueltas lentamente, mis pies no tocan el suelo—. Nunca debería haber dejado que te marcharas de aquí. Espera, no es lo que quise decir. —Mira a las tres mujeres paradas en la puerta—. No importa, te lo diré más tarde. —Agita un brazo con señas hacia mis compañeras cautivas—. Subid a la camioneta. Os llevaré con la policía.

Mi corazón todavía palpita con el *te lo diré más tarde*. ¿Tiene algo que decirme? ¿Sobre nosotros?

Todos subimos a la camioneta de Caleb, incluido Oso, y Caleb conduce un par de kilómetros por la carretera hacia el pueblo de Pecos e irrumpimos en la comisaría.

Es un pueblo pequeño, así que la gente sale a ver de qué se trata todo este alboroto. Alguien reconoce a las mujeres de los carteles de Personas Desaparecidas y luego todos parlotea, moviéndose para obtener más información mientras entramos en la oficina del comisario.

Caleb me coge la mano protectoramente y mi corazón da un vuelco completo. Cada una de nosotras, le contamos nuestra historia cinco o seis veces al comisario, quien llama a una ambulancia para llevarnos a los cuatro a Santa Fe y que nos revisen. Caleb permanece a mi lado todo el tiempo, como un fornido guardaespaldas silencioso. El comisario le habla con respeto, como si se remontaran a mucho tiempo atrás. Caleb le dice que mi perro fue a buscarle y así es como nos encontró. Ninguna de nosotras le contradice, la historia del oso era demasiado fantástica, de todos modos.

El comisario tampoco se cree la historia de nuestro captor convirtiéndose en monstruo, hasta que Caleb y los oficiales que requisaron el sitio confirman que es cierta.

El resto de la noche consiste en repetir la historia una docena de veces y ser asistida por los médicos en el hospital.

Después de que salimos de la comisaría, Caleb llevó a Oso a su casa y yo fui en la ambulancia a Santa Fe. Solo nos habían dado pan y pequeñas raciones de agua durante el cautiverio y Rachel se desmayó cuando llegó la ambulancia. Ella había estado allí más tiempo, unos ocho meses. Según todos los que escucharon la historia, todas tenemos suerte de estar vivas, considerando el estado mental de nuestro captor. Las familias de las otras mujeres fueron contactadas y el hospital está tratando de mantener a los medios de comunicación lejos por privacidad. Me alegro de que nunca me hayan reportado como desaparecida, tal vez pueda mantenerme al margen del cotorreo.

Caleb espera conmigo en la habitación del hospital, ahora que estoy sentada en la cama, en la silla al lado.

—¿Hay alguien a quien deba llamar? ¿Tus padres o alguien más?

—Oh, mmm ... —La decepción me golpea como un puñetazo en el plexo solar. Por alguna razón, pensé que volvería con Caleb. Pero tal vez esa fue una suposición equivocada.

Debe de ver mi nerviosismo, porque levanta mi mano.

—Te cuidaré esta noche, por supuesto. Simplemente no quería entrometerme. Ya sabes, si alguien más debería saber lo que ha sucedido.

La felicidad vuelve.

—Oh. No, puedo preocupar a mis padres con la historia más tarde. Van a enloquecer por completo, pero pueden esperar.

Él asiente.

—Bien. Te llevaré de vuelta a mi casa esta noche.

La satisfacción me recorre como un río. Volvamos a su casa. Donde pasé dos de los mejores días de mi vida.

Me acaricia la barbilla.

—Escucha, Miranda. No me gustó la forma en que dejamos las cosas.

Me lamo los labios.

—¿Qué quieres decir? —El corazón me late muy deprisa. Acabo de sobrevivir al secuestro y la tortura. Hablar de una relación con Caleb no debería hacerme sudar frío, pero lo hace.

—Quiero decir … —Se pasa una mano por la barba—. Quiero volver a verte. No quiero que las cosas terminen entre nosotros. Sé que tienes tu carrera...

—Tampoco quiero que las cosas terminen —suelto, y luego siento que mi cara se ruboriza.

Caleb me envuelve una gran palma alrededor de la nuca y me tira para que me ponga de pie, reclamando mi boca con toda la agresión de un animal salvaje.

Me rindo felizmente, dejando que saquee mi boca con su lengua, gimiendo cuando arrastra mi labio inferior con sus dientes.

—Entonces estamos de acuerdo —respira Caleb cuando rompe el beso.

La enfermera se aclara la garganta desde la puerta.

—El médico firmó sus documentos. Puedes hacer el trámite de salida en la recepción.

—Genial. —La miro, tomando la mano de Caleb y dejando que me lleve a su camioneta.

* * *

Caleb

Miranda y yo necesitamos hablar, pero he estado demasiado ocupado follándola sin parar. La tuve en mi cama. En el salón. Sobre el sofá. Contra la encimera de la cocina. En la cama otra vez. Ha quedado allí ahora, tumbada como una muñeca de trapo, jadeando mientras se recupera.

Al principio fui gentil, sintiéndome terrible por la tortura que soportó y la herida que le causé con mis garras, pero luego perdí el control y tuve que tomarla bruscamente en todas las posiciones imaginables.

Prácticamente la mantuve despierta toda la noche. Ahora que hemos decidido que puedo seguir con ella, estoy deseperado. Mi oso quiere reclamarla permanentemente.

Es extraño que un oso sienta la necesidad de aparearse todo el tiempo. Aún más extraño es que haya elegido una segunda compañera. Por supuesto, no puedo aparearme con Miranda. No es una cambiante. Pero el hecho de que él la quiera es un enigma delicioso. Me siento más vivo de lo que he estado en años. Todo se siente posible.

Acaricio sus gruesos mechones rojizos en su cara, maravillándome de la palidez de su piel. Somos el oso negro y la diosa pelirroja de la ciencia. Ella es una guerrera por derecho propio, que salva el planeta con su tenaz determinación de informar sobre el cambio climático.

—Tengo que volver hoy —suspira Miranda.

—Sí. Con respecto a eso... —Se me seca la garganta. Ni siquiera sé lo que digodo. O al menos, soy ambivalente al respecto. Quiero a Miranda pero ella vive en Albuquerque. Yo soy un oso que pertenece al bosque.

Trago saliva.

—Podría ir contigo. Quiero asegurarme de que llegues a salvo.

Miranda sonríe con la sonrisa más radiante jamás vista.

—Sería genial. Me encantaría. Podrías quedarte todo el tiempo que quieras. Quiero decir, si no necesitas volver aquí.

Algo se libera en mí y me pican los ojos. Realmente me voy a permitir tener esto. Tenerla a ella. Realmente voy a superar mi tragedia y volver a vivir.

Ruedo encima de ella, apoyándome en mis antebrazos para protegerla de todo mi peso.

—No me gusta estar lejos del bosque, pero tampoco quiero estar lejos de ti.

Su aliento se detiene, un brillo de lágrimas aparece en sus ojos.

—Tampoco quiero estar lejos de ti. —Sus labios tiemblan.

Dejo caer besos en su frente. En las sienes. El puente de la nariz.

—Así que iré a Albuquerque. Te prepararé el desayuno y te mantendré a salvo. Veremos cómo le va al oso en cautiverio.

Las lágrimas se derraman de sus ojos.

—No quiero que dejes tu casa, pero tenerte en Albuquerque sería increíble. Prométeme que volverás aquí tan pronto como lo necesites. O te canses de mí.

Empujo las caderas contra las de ella, mostrándole la velocidad con que regresa mi necesidad.

—¿Crees que alguna vez me cansaría de esto? —La lanzo contra mi erección y ella gime, dolorida de tanto sexo que hemos tenido.

—Además, tengo un renovado interés por verte arrasar en la competencia de trivialidades. Estoy pensando en llevarte a Burbank para competir en *Jeopardy*.

Ella se ríe.

—Lo digo en serio. Deberías jugar por dinero.

—Bueno, podemos volver aquí los fines de semana. Puedo reorganizar mi horario para trabajar esos tres días aquí. Aunque es posible que tenga que conseguir conexión a Internet. ¿Es esa una posibilidad?

—Si Internet te mantiene aquí, hermosa, lo conseguiré. Te quiero feliz. Y conmigo.

—¿Está bien? ¿Que estés con una humana? Quiero decir, ¿no va en contra de las reglas? —Se sonroja con uno de esos rubores que he llegado a amar.

—No es recomendable. Sí, va un poco contra las reglas. Me importa una mierda.

Ella agarra mi polla y me guía de nuevo.

—No puedes tentarme así y luego dejarme colgada. —Su tono sensual me baña de dicha.

Mis dientes asoman para marcarla. Gimo, no puedo evitar el placer que me inunda como una droga poderosa.

—Miranda, tengo que decirte algo. —Es una lucha reunir las palabras.

Ella deja de mecer la pelvis y me mira.

—¿Qué es?

—Los osos no suelen aparearse de por vida, muchos son

poliamorosos. Pero a veces lo hacen. —El calor se me acumula en la base de la columna vertebral, tengo las pelotas tensas.

—¿Ah, sí? —Me ve los dientes y sus ojos se abren de par en par.

—Sin embargo, estoy teniendo dificultades para mantener a mi oso bajo control. Quiere que te marque como mi compañera.

Me mira los afilados dientes.

—¿Qué significa eso? —No es más que un susurro.

—Significa una mordida. Un bocado de amor. Para incrustar mi aroma en ti. Mantener alejados a los otros machos.

—De acuerdo.

—¿Está bien? —No esperaba que estuviera de acuerdo. Solo intentaba explicarle que estaba teniendo dificultades para evitar que los dientes asomaran.

Asiente, prácticamente radiante.

—Cariño, podría dejarte una cicatriz. Definitivamente te dolerá. —No puedo evitar mecerme en ella, ni que los ojos se me pongan blancos de placer.

—¿Dónde la harás?

La da por hecho. Acepta mi mordida sin ninguna protesta. Mi feminista independiente quiere mi mordida reivindicativa.

—Oh, cielos. —Apenas puedo contenerme ahora—. Dime, cariño. Por lo general, es en la nuca, pero puedo morderte el muslo o en algún lugar que no se vea. Joder, Miranda, no puedo resistirme.

—¡Muérdeme! —Se arquea, arrojándome esas grandes tetas maravillosas en la cara.

Mis mandíbulas se quiebran y la reclamo antes de que tener tiempo de retroceder. Mis dientes se hincan profundamente en la carne de su hombro, justo en medio de un bonito tatuaje.

Grita, pero lo juro por el destino, también tiene un orgasmo.

Yo también me corro. *Duro*.

Ya he venido media docena de veces en las últimas doce horas, pero parece que no hay fin a la esencia que fluye de mí ahora. La lleno, forzando las mandíbulas a soltarse y lamiendo la sangre mientras todavía bombeo en ella.

Me abraza llorando un poco. Riendo un poco.

—Lo siento. Lo siento mucho, nena. Dime que estás bien.

—Estoy bien. Duele, pero no tanto. Estaré bien.

—Dejaré que me marques como quieras —juro, queriendo ofrecerle algo a cambio.

Suelta una risa aguda.

—¿Sí? ¿Te tatuarías mi nombre en tu pectoral?

—Lo que quieras —prometo.

—Solo bromeo —dice suavemente—. Todo lo que quiero eres tú.

—Me tienes, cariño. Estoy aquí.

Sigo lamiéndole la herida; el suero de mi boca debería ayudarla a sanar más rápido. Espero que se cure pronto porque me voy a sentir como mal cada día que le duela.

—¿Caleb? —Su voz es sugerente.

—¿Sí, cariño?

—Siempre honraré la memoria de tu esposa e hija, a tu lado. No quiero que sientas que no está bien hablar de ellas o celebrar lo que tuviste.

Me arden los ojos y dejo caer la cabeza en el hueco de su cuello. Esta mujer es demasiado. Demasiado buena. No me hace elegir entre el pasado y el presente.

—Miranda —me ahogo—. Tú eres mi salvación, ¿lo sabes? Me trajiste de vuelta a la vida.

—Tú también—responde ella.

—¿Qué significa eso?

—Quiero decir, me ayudaste a sentirme bien acerca de quién soy. Sobre mi cuerpo. Mi cerebro. No tengo que demostrarte nada. Me celebras tal como soy.

—Eso es porque ya eres perfecta —le digo.

Sus labios encuentran mi cuello y planta suaves besos allí.

—Te amo, Caleb.

—Yo también te amo, nena.

Epílogo

Miranda

—¡Oso! ¡Vuelve aquí! —Corro por el sendero de la montaña rodeando una saliente justo a tiempo para ver desaparecer la franja de la cola de mi perro entre dos árboles.

Salió a toda velocidad ladrando. Lo perseguí y me estremecí ante una súbita rememoración del secuestro a principios de este año, pero los bosques son seguros ahora

Una sombra cae sobre mí.

—¿Qué te dije de caminar sola en estos bosques?

Me sobresalto hasta que mis ojos se encuentran con los de Caleb que aparece detrás de un árbol.

—Oh, Dios mío, Caleb, me has dado un susto de muerte.

Con un gruñido de felicidad, se acerca, me alza y me besa. Envuelvo las piernas apretadas alrededor de sus caderas, mis pechos se hinchan para rozarle el torso. Su duro y desnudo torso. Mmmm...

Nos enredamos con labios y lengua, Oso nos da vueltas alrededor ladrando.

—Cuidado, linda dama —gruñe—. No estás a salvo aquí sola.

—¿Por qué? ¿Hay un gran oso malo que pueda comerme?

—Maldita sea. —Me aprieta el culo y luego le da una buena palmada.

—La llamada de apareamiento del montañés oso —murmuro.

—Lo sabes. —Me acabo de mudar aquí permanentemente, y todavía estamos en nuestra fase de luna de miel. Caleb consiguió Internet y yo obtuve una beca de investigación que me permitirá vivir y trabajar en la montaña.

Resulta que dejar a mis colegas y salir de la carrera de ratas fue la mejor decisión que he tomado. Nunca he sido tan feliz en mi vida.

—Algo llegó para ti. —Caleb saca una carta de su bolsillo trasero.

Capto el nombre de la publicación científica a la que me presenté y se la arrebato de la mano, abriéndola en un tiempo récord.

La despliego, leo tan deprisa como puedo.

—¡Sí!

Caleb arquea las cejas.

—¡Es un sí! ¡Aceptaron pulbicar mi artículo y me invitan a presentarlo en la conferencia anual! ¡Esto es maravilloso!

¡Felicitaciones! —Caleb me levanta y me da vueltas—. Lo lograste. Sabía que lo harías. ¡Eres increíble!

—Gracias, gracias, gracias. —Le beso su oreja y la sien, donde sea que lleguen mis labios.

Se ríe.

—¿Por qué me agradeces?

—Por creer en mí. Por hacerme feliz. Por esta vida.

Me aprieta más fuerte, tan fuerte que mi respiración sale de mi pecho.

—Joder, te amo, nena.

—Te amo mucho, Caleb.

Entrelaza sus dedos en los míos y tira de mí de regreso a la cabaña.

—¿A dónde vamos? —Me río, aunque ya sé la respuesta.

—A celebrar. Desnudos. Toda la tarde.

—Hmm ... —Finjo considerarlo—. Sí, creo que eso contribuiría a mi investigación. —Le miro sonriendo, la felicidad burbujea a mi alrededor.

Caleb me lleva en brazos como si no pesara nada de vuelta a la cabaña, donde sé que se asegurará de que obtenga todos los datos necesarios.

Libro Gratis - La virgin y el vampiro

Quiere un libro gratis de Renee Rose y Lee Savino? Suscríbete a su newsletter para recibir *La virgin y el vampiro* y otro contenido especialmente bonificado y noticias de nuevos. https://BookHip.com/XJPQQXK

Libro Gratis de Renee Rose

Quiere un libro gratis de Renee Rose? Suscríbete a mi newsletter para recibir **Padre de la mafia** y otro contenido especialmente bonificado y noticias de nuevos. https://BookHip.com/NCVKLK

Otros Libros de Renee Rose

Vegas Clandestina

Rey de diamantes

Padre de la mafia

Sota de picas

As de corazones

El comodín del Loco

Su reina de tréboles

La mano del muerto

El comodín

Rancho Wolf

Áspero

Salvaje

Feroz

Rudo

Indomable

Implacable

Dos Marcas

Rebelde - GRATIS

Tentada

Deseada

Seducida

Otros libros de Lee Savino

Saga Guerreros Berserker

Vendida a los Berserker

Emparejada con los Berserker

Raptada por los Berserker

Entregada a los Berserker

Reclamada a los Berserker

Alfas Peligrosos

La tentación del alfa

El peligro del alfa

El premio del alfa

El reto del alfa

La obsesión del alfa

El deseo del alfa

La Guerra del alfa

La Misión del alfa

El tormento del alfa

El secreto de alfa

La presa del alfa

La virgen y el vampiro

Conoce a la autora

RENÉE ROSE, LA AUTORA BESTSELLER EN USA TODAY, ama los héroes dominantes, ¡los machos alfa que saben hablar sucio! Ha vendido más de un millón de copias de tórridas novelas románticas con diferentes niveles de sexo no convencional. Sus libros han sido presentados en el Happily Ever After de USA Today y en Popsugar. Nombrada en el Eroticon de los Estados Unidos como la Próxima Autora Erótica Top en 2013, ha ganado también como Autora Preferida en Ciencia Ficción y Antología Valiente y Atrevida y con la mejor novela romántica histórica en The Romance Reviews. Figuró catorce veces en la lista de USA Today con su serie Rancho Wolf y varias antologías.

**Suscríbete a mi newsletter para recibir contenido especialmente bonificado y noticias de nuevos lanzamientos en Español.

https://www.subscribepage.com/reneerose_es

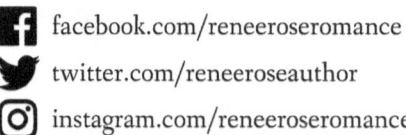

facebook.com/reneeroseromance

twitter.com/reneeroseauthor

instagram.com/reneeroseromance

Conoce a la autora

Lee Savino tiene objetivos grandiosos, pero la mayoría de los días no encuentra ni su cartera ni sus llaves, así que se queda en casa y escribe.

Mientras estudiaba escritura creativa en la Universidad de Hollins, su primer manuscrito ganó el premio Hollins de Ficción.

Lee vive en Estados Unidos, con su increíble familia.

Puedes conectar con ella en su sitio web, su grupo de lectores, y sus redes sociales.